一本在手，不用背誦、不必用腦，

急用時就這樣指！

十大情境1000個最在地的生活英文單字！

捷徑文化
Royal Road Publishing Group

User's Guide 使用說明

Point 1

急用時就這樣指！1000個手指急用生活英文單字總表

懶人絕對適用！不用背誦、不必用腦，需要的時候只要翻找到符合的情境，一隻手指就能表達意思！

急著用就這樣指！
1000個手指急用生活英文單字總表

想和外國同事借台訂書機，結果一時想不起來訂書機的英文怎麼說？在外國餐廳想點個牛角麵包，結果怎樣也想不出該怎麼開口？是的，生活中總有千百種明明就在你身邊，卻說不出來名字的物品。緊急需要的時候，就翻到這裡直接指給對方看吧！想要學得更詳細，就翻到後面看看圖片、詞性、音標與更多貼心的說明！

❝ **幸福小宅裡的生活英單，急著用就這樣指** ❞

▶ adjustable bed
　可調整床
▶ air bed 氣床
▶ air conditioner 冷氣
▶ baby crib 嬰兒床
▶ ball 球
▶ baseball 棒球

▶ blanket 毛毯
▶ book cabinet 書櫃
▶ bookcase 書架
▶ bunk bed 雙層床
▶ canopy bed 四柱床
▶ chest of drawers
　抽屜櫃

Chapter 4 筆電、長尾夾、迴紋針：辦公室裡的生活英單

偷聽老外怎麼說
🔊 Track 0274

學單字前，先聽聽看你記得對話中幾個和「辦公室用品」相關的單字！

A: Would you help me please?

B: OK, what would you like to buy?

A: I want to buy some office equipment.

B: Sure, we have inkjet printers[1], laser printers[2], card readers[3], laptops[4] and tablet computers[5].

A: Do you have external hard drives[6]?

B: Sorry, we don't. It's sold out.

A: I see. Do you have a warranty on this printer[7]?

B: Of course, it's good for three years.

A: OK, I will buy this one.

B: OK, this way please.

Point 2

Chapter 4 筆電、長尾夾、迴紋針：

急用時就這樣找！
10個生活常見空間情境

生活絕對適用！全書以「地點」分類章節，無論是家裡、辦公室、餐廳、美妝店……都可以利用現代人最常出沒的十個場景特性，讓所處的空間自然喚醒你的單字記憶！

Point 3

A: Would you help me please?

B: OK, what would you like

中譯
A: 幫我個忙，行嗎？
B: 好的，請問您要買什麼？

急用時就這樣說！10篇生動情境對話

練口說絕對適用！每一個情境均以一篇正常語速對話開始，對話內容均與該情境單字相關，可以先找找看，有哪些關鍵單字藏在其中？

加薪升官必會的辦公室單字

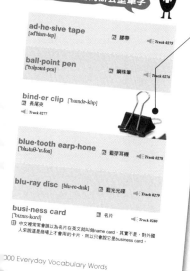

ad·he·sive tape
[əd'hisɪv-tep]　　　 n. 膠帶　　🔊 Track 0275

ball·point pen
['bɔlpɔɪnt-pɛn]　　　 n. 鋼珠筆　　🔊 Track 0276

bind·er clip ['baɪndə-klɪp]
n. 長尾夾
🔊 Track 0277

blue·tooth earp·hone
['bluʊθ-'ɪr,fon]　　　 n. 藍芽耳機　　🔊 Track 0278

blu·ray disc [blu-re-dɪsk]　　 n. 藍光光碟　　🔊 Track 0279

busi·ness card
['bɪznɪs-kɑrd]　　　 n. 名片　　🔊 Track 0280
註 中文裡常常會誤以為名片在英文裡叫做name card，其實不是，對外國人來說這是商場上才會用到的卡片，所以只會設它是business card。

000 Everyday Vocabulary Words

Point 4

bind·er clip ['baɪndə-klɪp]
n. 長尾夾
🔊 Track 0277

急用時就這樣讀！1000個生活單字，加上圖片與註解強化學習

學習者絕對適用！每一章的單字均採音標、音節點兩種標誌法，幫助練習發音，更貼心收錄照片、圖片與詳細附註，左右腦並用的全方位學習就從這裡開始！

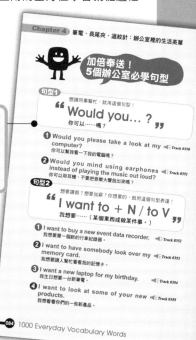

加倍奉送！
5個辦公室必學句型

句型1
想請同事幫忙，就用這個句型！
" **Would you... ?** "
你可以……嗎？

❶ Would you please take a look at my computer?　🔊 Track 0350
你可以幫我看一下我的電腦嗎？

❷ Would you mind using earphones instead of playing the music out loud?　🔊 Track 0351
你可以用耳機，不要把音樂大聲放出來嗎？

句型2
想請假？想要加薪？你想要的，就用這個句型表達！
" **I want to + N / to V** "
我想要……（某個東西或做某件事。）

❶ I want to buy a new event data recorder.　🔊 Track 0352
我想要買一個新的行車紀錄器。

❷ I want to have somebody look over my memory card.　🔊 Track 0353
我想請人幫忙看看我的記憶卡。

❸ I want a new laptop for my birthday.　🔊 Track 0354
我生日想要一台新筆電。

❹ I want to look at some of your new products.　🔊 Track 0355
我想看看你們的一些新產品。

Point 5

句型2
想要請假？想要加薪？你想要的，就用這個句型表達！
" **I want to + N / to V** "
我想要……（某個東西或做某件事。）

❶ I want to buy a new event data recorder.　🔊 Track 0352
我想要買一個新的行車紀錄器。

急用時就這樣練！加碼附送Top 50 英語句型

學句型絕對適用！全書加碼附贈50個在英語界常見的實用句型，且將前面所學過的十大情境單字實際套入句中使用，邊學句型邊學單字，達到一石兩鳥的學習！

Point 6

🔊 **Track 0001**

急用時就這樣聽！全書1000單字、50句型均收錄完整錄音MP3

練聽力絕對適用！戴上耳機，無論身在十大情境中的何處，都能隨時學英文、聽英文、甚至自己練習跟著唸英文！

Preface 作者序

　　某天，朋友拿著一把用塑膠殼包裝的牙刷走進來，指著那個殼問：「這個東西正式的名稱叫什麼？」大家面面相覷，因為雖然朋友中不乏中文系、國文教師等等專業人士，但還真的沒有人想得出來「拿來裝牙刷或剪刀等、符合該物品形狀的塑膠套、後面還墊一張厚紙板」這樣的包裝方式，究竟到底該如何用簡潔的幾個字表達。但這個東西不常見嗎？相信大家都見過它。

　　在學語言時常常也是這樣。明明是身邊天天看得到的東西，一旦突然要換種語言說，就腦筋一片空白。因此有了這本書的誕生！它的目的就是讓大家無論在家裡、在辦公室、在夜市、在超級市場大採購……都能輕鬆簡單地用英文叫出身邊所見到、用到、吃到、買到的東西。一本在手，不必惡補，即使是最懶惰的人，急用時只要用手指一指，就能讓老外明白你的意思。想和外商同事借個訂書機不用再結巴半天，想在外國的大街上找尋有賣牛角麵包的地方，也不用畫一個牛角麵包給路人看了（我真的畫過）。

　　如果你不是懶惰的人，而是想要多學一點生活單字，在這本中依舊能夠找到需要的東西。除了實用的手指單字總表，更詳細列出了每個單字的發音（自然發音＋音標）、詞性、必要時加上示意圖、更有實用的補充說明小

註解，讓你對單字的用法有更多的瞭解，還能多學一些延伸的片語或字詞。此外並特別收錄英文50大常用句型，練習將單字用在句型中是瞭解句型結構的好方法，同時也能幫助你更快記起單字，兩者搭配使用，相信即使是健忘的人也能達到事半功倍的學習效果。

　　最後要提醒大家，許多物品本來就沒有「直接中翻英」這種事，因為英文中本來就沒有使用這個東西的習慣，所以也沒有人為了它特別發明一個字。因此，別因叫不出一些身邊物品的英文名字就灰心喪志、覺得自己的單字量不夠多、而失去學英文的興趣和動力，畢竟搞不好真的就沒有這個字，正等著你去發明呢！就像從小說中文的我們，沒辦法立刻找出一個詞來描述「裝牙刷用的那種塑膠套」，也不代表我們的中文不好，沒錯吧？說起來，我們還是不知道這個東西叫什麼名字，如果您曉得，歡迎來信通知我們。當然也歡迎和我們分享在日常生活中發現的身邊小物英文名稱喔！

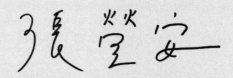

Contents 目錄

急著用就這樣指！
1000個手指急用生活英文單字總表

想學更多就看這裡！
1000個手指英文單字詳細小檔案

想和外國同事借台訂書機，結果一時想不起來訂書機的英文怎麼說？在外國餐廳想點個牛角麵包，結果怎樣也想不出該怎麼開口？是的，生活中總有千百種明明就在你身邊，卻說不出英文名字的物品。緊急需要的時候，就翻到這裡直接指給對方看吧！想要學得更詳細，就請翻到後面看看圖片、詞性、音標與更多貼心的說明！

幸福小宅裡的生活英單，急著用就這樣指

▶adjustable bed
可調整床

▶air bed 氣床

▶air conditioner 冷氣

▶baby crib 嬰兒床

▶ball 球

▶baseball 棒球

▶basketball 籃球

▶beach umbrella 遮陽傘

▶bed 床

▶bicycle 腳踏車

▶bicycle pump 打氣筒

▶binoculars
雙筒望遠鏡

▶blanket 毛毯

▶book cabinet 書櫃

▶bookcase 書架

▶bunk bed 雙層床

▶canopy bed 四柱床

▶chest of drawers
抽屜櫃

▶child cot 童床

▶clothes hook 掛衣鉤

▶clothes organizers
衣物儲藏間

▶comforter 厚被子

▶couch 長沙發，沙發床

▶curtain 窗簾，掛簾

- dehumidifier 除溼機
- desk lamp 檯燈
- double bed 雙人床
- down comforter 羽絨被
- dryer 烘衣機
- duvet 被套
- electric blanket 電毯
- electric fan 電扇
- electric heater 電暖氣
- electric iron 電熨斗
- fabric softener 衣物柔軟精
- flag 國旗
- flashlight 手電筒
- flower pot 花盆
- foam mattress 乳膠床墊
- fold-out couch 多功能沙發椅
- football 足球
- frame 床架
- furniture for bedroom 臥室傢俱
- generator 發電機

- hanger 衣架
- hat and coat stand 衣帽架
- hat rack 帽子架
- headboard 床頭
- iron 熨斗
- jewel case 首飾盒
- lamp 照明燈
- laundry liquid 洗衣精
- light 燈
- lighter 打火機
- mattress 床墊
- memory foam 記憶枕
- mosquito repellent 防蚊液
- night stand 床頭櫃
- nylon rope 尼龍繩
- outlet 插座
- pick axe 榔頭
- pillow 枕頭
- pillowcase 素的枕頭套
- plastic rope 塑膠繩
- quilt 薄被子
- remote control 遙控器
- rope 繩子

- ▶round bed 圓床
- ▶safety box 保險櫃
- ▶scale 磅秤
- ▶sham 有花邊的枕頭套
- ▶shelf 架子
- ▶shelf unit 書架板子
- ▶shoe box 鞋盒
- ▶shoe cabinet 鞋櫃
- ▶shoe rack 鞋架
- ▶shovel 鐵鍬
- ▶silk quilt 蠶絲被
- ▶single bed 單人床
- ▶sofa bed 沙發床
- ▶spin-dryer 脫水機
- ▶spring mattress 彈簧床墊
- ▶storage cabinet 儲物櫃
- ▶storage case 儲物箱
- ▶storage package 收納包包
- ▶sunglasses 太陽眼鏡
- ▶Swiss army knife 瑞士刀
- ▶telephone 電話

- ▶television cabinet 電視櫃
- ▶tent 帳篷
- ▶thermometer 溫度計
- ▶throw pillow 抱枕
- ▶tools 工具
- ▶trash bag 垃圾袋
- ▶trash can 垃圾桶
- ▶umbrella 雨傘
- ▶vacuum cleaner 吸塵器
- ▶vitamin 維他命
- ▶wall shelf 牆壁擱架
- ▶wall storage 牆面儲藏間
- ▶wardrobe 衣櫃
- ▶washing machine 洗衣機
- ▶washing powder 洗衣粉
- ▶watering pot 灑水壺
- ▶wool comforter 羊毛被

▶**aluminum foil** 錫箔紙
▶**apron** 圍裙
▶**basket** 籃子
▶**blender** 果汁機
▶**bowl** 碗
▶**broom** 掃帚
▶**bucket** 水桶
▶**cabinet** 櫃子
▶**caddy** 茶罐
▶**can** 罐頭
▶**can opener** 開罐器
▶**Chinese chopper** 菜刀
▶**chopper** 切碎機
▶**chopping board** 砧板
▶**chopsticks** 筷子
▶**cleaver** 切肉刀
▶**coffee cup** 咖啡杯
▶**coffee pot** 咖啡壺
▶**cooker** 爐子
▶**cooking equipment** 炊具
▶**crisper** 保鮮盒
▶**cup** 杯子

▶**cupboard** 櫥櫃
▶**dish** 碟子
▶**dishwasher** 洗碗機
▶**draining board** 瀝水板
▶**dustpan** 畚箕
▶**egg beater** 打蛋器
▶**electric cooker** 電鍋
▶**electric oven** 電烤箱
▶**fish slice** 煎魚鏟
▶**fork** 叉子
▶**freezer** 冷凍庫
▶**fruit knife** 水果刀
▶**fruit plate** 水果盤
▶**frying pan** 平底鍋
▶**gas stove** 瓦斯爐
▶**glass** 玻璃杯
▶**grill** 燒烤架
▶**ice crusher** 刨冰機
▶**induction cooker** 電磁爐
▶**jar** 罐子
▶**juicer** 榨汁機
▶**kettle** 水壺

- ►kitchen cabinet 櫥櫃
- ►knife 刀子
- ►ladle 杓子
- ►lunch box 便當盒
- ►microwave oven 微波爐
- ►mincer 絞肉機
- ►mug 馬克杯
- ►napkin 餐巾
- ►net scoop ladle 撈麵杓
- ►oven 烤箱／爐
- ►pantry 食品貯藏室
- ►paper napkin 餐巾紙
- ►peeler 削皮刀
- ►pepper set 椒鹽罐
- ►plastic bag 塑膠袋
- ►plastic wrapper 保鮮膜
- ►plate 盤子
- ►pot 鍋子
- ►potholder glove 隔熱手套
- ►range hood 抽油煙機
- ►refrigerator 冰箱
- ►rice bowl 飯碗
- ►rolling pin 麵棍

- ►saucer 小碟子
- ►sink 水槽
- ►soup ladle 湯杓
- ►soup spoon 湯匙
- ►spatula 鍋鏟
- ►steamer 蒸籠
- ►stove 爐子
- ►strainer 過濾網
- ►straw 吸管
- ►table cloth 桌布
- ►tap 水龍頭
- ►tea pot 茶壺
- ►tea set 茶具
- ►tea tray 茶盤
- ►thermos 熱水瓶
- ►toaster 烤麵包機
- ►toothpick 牙籤
- ►tureen 湯盤
- ►water boiler 電熱瓶
- ►water bottle 水壺
- ►water dispenser 飲水機
- ►wok 鍋子
- ►washing-up liquid 洗碗精
- ►wiping towel 抹布

▶**air freshener**
空氣清新劑

▶**baby powder** 爽身粉

▶**basin** 臉盆

▶**bath lily** 沐浴球

▶**bath mat** 防滑墊

▶**bathrobe** 浴衣

▶**bath slipper**
洗澡用拖鞋

▶**bath towel** 浴巾

▶**bathtub** 浴缸

▶**comb** 梳子

▶**dental floss** 牙線

▶**fancy soap** 香皂

▶**foam** 泡沫

▶**hair conditioner**
潤髮乳

▶**hair dryer** 吹風機

▶**hand sanitizer**
洗手液

▶**hand shower** 蓮蓬頭

▶**hooks** 掛鉤

▶**paper towel** 紙巾

▶**pantyliner** 衛生護墊

▶**plastic curtain**
防水浴簾

▶**razor** 刮鬍刀

▶**sanitary towel**
衛生棉

▶**shampoo** 洗髮精

▶**shower cap** 浴帽

▶**shower gel**
沐浴乳／凝膠

▶**shower nozzle**
淋浴噴頭

▶**soap** 肥皂

▶**soap case** 肥皂盒

▶**tampon** 衛生棉條

▶**tap faucet** 水龍頭

▶**toilet plunger**
通馬桶用具

▶**toilet water** 花露水

▶**toothbrush** 牙刷

▶**toothpaste** 牙膏

▶**towel hanger** 毛巾架

▶**towel ring** 毛巾環

▶**water heater** 熱水器

- ►adhesive tape 膠帶
- ►ballpoint pen 鋼珠筆
- ►binder clip 長尾夾
- ►bluetooth earphone 藍芽耳機
- ►blu-ray disc 藍光光碟
- ►business card 名片
- ►calculator 計算機
- ►card reader 讀卡機
- ►cellphone 手機
- ►chalk 粉筆
- ►compass 圓規
- ►computer 電腦
- ►correction tape 立可帶
- ►crayon 蠟筆
- ►dictionary 字典
- ►digital camera 數位相機
- ►drawer 抽屜
- ►DVD disc DVD光碟
- ►DVD player DVD播放機
- ►earphone 耳機
- ►eraser 橡皮擦
- ►event data recorder 行車紀錄器
- ►external hard drive 外接式硬碟
- ►fax 傳真機
- ►fountain pen 鋼筆
- ►global positioning system 衛星導航
- ►glue 膠水
- ►glue stick 口紅膠
- ►hard drive 硬碟
- ►highlighter 螢光筆
- ►hole puncher 打洞機
- ►ink cartridge 墨水匣
- ►inkjet printer 噴墨印表機
- ►keyboard 鍵盤
- ►laptop 筆記型電腦
- ►laser pointer 光筆
- ►laser printer 雷射印表機
- ►liquid crystal display (LCD) TV 液晶電視

- memory card 記憶卡
- mobile battery 手機電池
- mobile charger 手機充電器
- monitor 電腦螢幕
- mouse 滑鼠
- notebook 記事本
- optical mouse 光學滑鼠
- packing box 紙箱
- packing tape 封箱膠帶
- paper clip 迴紋針
- pen 原子筆
- pencil 鉛筆
- pen holder 筆筒
- pencil sharpener 轉筆刀
- permanent marker 油性筆
- plasma display panel (PDP) TV 電漿電視
- printer 印表機
- propelling pencil 自動鉛筆

- roller ball pen 水性筆
- rubber band 橡皮筋
- ruler 尺
- scissors 剪刀
- sealing tape 透明膠帶
- speaker 喇叭
- stapler 釘書機
- sticky label 標籤貼
- storage box 儲物盒
- storage rack 儲物架
- tablet computer 平板電腦
- tape 膠帶
- thumbtack 圖釘
- transmission line 傳輸線
- USB storage 隨身碟
- walkman 隨身聽
- webcam 網路攝影機
- white board marker 白板筆（寫白板的筆）
- white-out 立可白

- ▶ abalone 鮑魚
- ▶ almond milk 杏仁茶
- ▶ anchovy larva 吻仔魚
- ▶ bamboo shoot 竹筍
- ▶ barbeque sauce 沙茶醬
- ▶ bass 鱸魚
- ▶ beef noodle 牛肉麵
- ▶ beef shank 牛腱
- ▶ bitter melon 苦瓜
- ▶ Borsch soup 羅宋湯
- ▶ braised pork over rice 滷肉飯
- ▶ broad bean 蠶豆
- ▶ burdock 牛蒡
- ▶ chicken noodles 雞肉麵
- ▶ chicken wing 雞翅
- ▶ chili sauce 辣椒醬
- ▶ clay oven roll 燒餅
- ▶ coriander 香菜
- ▶ cowheel 牛筋
- ▶ daikon 白蘿蔔
- ▶ date 棗子
- ▶ drumstick 雞腿
- ▶ dry noodles 乾麵
- ▶ duck 鴨肉
- ▶ duck leg 鴨腿
- ▶ duck neck 鴨脖子
- ▶ duck sauce 甜麵醬
- ▶ dumpling 水餃
- ▶ eight-treasure porridge 八寶粥
- ▶ flat noodles 粄條
- ▶ fried dumpling 煎餃
- ▶ fried rice with egg 蛋炒飯
- ▶ fried white radish patty 蘿蔔糕
- ▶ glutinous oil rice 油飯
- ▶ glutinous rice 糯米
- ▶ green bean noodles 冬粉
- ▶ green bean pastry 綠豆椪
- ▶ hock 蹄膀

- ► jasmine tea 茉莉花茶
- ► lard 豬油
- ► lotus root 蓮藕
- ► moon cake 月餅
- ► mussel 淡菜／孔雀蛤
- ► oolong tea 烏龍茶
- ► ox-tongue 牛舌
- ► oyster sauce 蠔油
- ► pastry 酥皮點心
- ► pig bag 豬肚
- ► pig liver 豬肝
- ► pineapple cake 鳳梨酥
- ► plain rice 白米飯
- ► preserved meat 臘肉
- ► prune 蜜餞
- ► red bean paste cake 豆沙糕
- ► rice 米、飯總稱
- ► rice noodles 米粉
- ► rice porridge 稀飯
- ► rice tube pudding 筒仔米糕
- ► rice and peanut milk 米漿
- ► roll 牛腸
- ► sesame paste noodles 麻醬麵
- ► sliced noodles 刀削麵
- ► smoked duck 鴨賞
- ► soymilk 豆漿
- ► spring roll 春捲
- ► star anise 八角
- ► steamed buns 小籠包
- ► steamed roll 饅頭
- ► streaky pork 五花肉
- ► sweet and sour sauce 糖醋醬
- ► sweet chili sauce 甜辣醬
- ► sweet potato congee 地瓜粥
- ► sweet potato leaf 地瓜葉
- ► taro cake 芋頭糕
- ► tea 茶
- ► tilapia 吳郭魚
- ► unpolished rice 糙米
- ► water spinach 空心菜
- ► wonton noodles 餛飩麵
- ► yolk pastry 蛋黃酥

氣質西餐廳裡的生活英單，急著用就這樣指

- ▶ apple pie 蘋果派
- ▶ asparagus 蘆筍
- ▶ bacon 培根
- ▶ baguette 法國麵包
- ▶ baked potato 焗烤馬鈴薯
- ▶ basil 九層塔、羅勒
- ▶ beefsteak 牛排
- ▶ biscuit 餅乾
- ▶ black coffee 黑咖啡
- ▶ black tea 紅茶
- ▶ brunch 美式早午餐
- ▶ Caesar salad 凱撒沙拉
- ▶ caviar 魚子醬
- ▶ cheeseburger 起司漢堡
- ▶ chicken nugget 雞塊
- ▶ chowder 海鮮雜燴濃湯
- ▶ chuck rib steak 里肌牛小排
- ▶ cinnamon 肉桂
- ▶ cocktail 雞尾酒
- ▶ cod 鱈魚
- ▶ cod fish burger 鱈魚堡
- ▶ Coke 可口可樂
- ▶ corn soup 玉米濃湯
- ▶ cream cake 鮮奶油蛋糕
- ▶ cream soup 奶油濃湯
- ▶ creamy mushroom soup 奶油蘑菇濃湯
- ▶ creamy seafood soup 奶油海鮮巧達湯
- ▶ croissant 牛角麵包
- ▶ curry 咖哩
- ▶ decaf 無咖啡因咖啡
- ▶ egg tart 蛋塔
- ▶ espresso 濃縮咖啡
- ▶ french fries 薯條
- ▶ French toast 法式吐司
- ▶ fried calf ribs 炸牛小排
- ▶ fried chicken 炸雞
- ▶ garden salad 田園沙拉
- ▶ German pork knuckles 德國豬腳
- ▶ German sausage 德國香腸

- goose liver 鵝肝
- grilled mutton chop 鐵板羊排
- ham 火腿
- ham-and-egg sandwich 火腿蛋三明治
- hamburger 漢堡
- hash browns 薯餅
- Hawaiian pizza 夏威夷披薩
- honey 蜂蜜
- honey mustard 蜂蜜芥末醬
- jam 果醬
- juice 果汁
- ketchup 番茄醬
- lamb 小羔羊肉
- lamb chop 羊排
- lemonade 檸檬汁
- marmalade 橘子醬
- mashed potato 薯泥
- medium 五分熟
- medium-well 七分熟
- milk 牛奶
- mushroom sauce 蘑菇醬
- omelet 煎蛋捲
- onion soup 洋蔥湯
- pan fried calf ribs 無骨牛小排
- pancake 鬆餅
- pasta 義大利麵的總稱
- peanut butter 花生醬
- penne 筆管麵
- pickle relish 酸黃瓜醬
- pie 派、餡餅
- pizza 披薩
- potato salad 馬鈴薯沙拉
- raisin 葡萄乾
- rare 三分熟
- rib eye steak 肋眼牛排
- risotto 燉飯
- roast beef sandwich 烤牛肉三明治
- roast chicken sandwich 烤雞肉三明治
- roast lamb 烤羔羊肉
- roast saddle of mutton 烤羊里肌
- roast turkey 烤火雞
- roast veal 烤小牛肉

- ▶**rump steak** 牛腿排
- ▶**salad** 沙拉
- ▶**salami** 義大利香腸
- ▶**salmon** 鮭魚
- ▶**sandwich** 三明治
- ▶**seafood pizza** 海鮮披薩
- ▶**sirloin steak** 沙朗牛排
- ▶**soda water** 蘇打水
- ▶**spaghetti** 長條義大利麵
- ▶**steak** 牛排
- ▶**submarine sandwich**
  潛艇堡
- ▶**supreme pizza**
  總匯披薩

- ▶**T-bone steak** 丁骨牛排
- ▶**tiramisu** 提拉米蘇
- ▶**toast** 吐司、白吐司
- ▶**tortilla chips** 玉米薄片
- ▶**tuna sandwich**
  鮪魚三明治
- ▶**vegetable soup**
  蔬菜濃湯
- ▶**well-done** 全熟
- ▶**white coffee** 白咖啡
- ▶**whole wheat bread**
  全麥麵包

歡樂夜市裡的生活英單，急著用就這樣指

- ▶**braised food** 滷味
- ▶**bubble milk tea**
  珍珠奶茶
- ▶**chicken foot** 雞爪
- ▶**cotton candy** 棉花糖
- ▶**donut** 甜甜圈

- ▶**duck blood** 鴨血
- ▶**fried chicken skin**
  炸雞皮
- ▶**fried chicken steak**
  炸雞排
- ▶**fried fish patties**
  炸魚板

- fried pig's blood cake 炸豬血糕
- fried squid ball 炸花枝丸
- fried tempura 炸甜不辣
- green tea 綠茶
- herb juice 青草茶
- hot dog 熱狗
- ice cream 霜淇淋
- jelly fig 愛玉
- Job's tear milk 薏仁漿
- kumquat lemon juice 金桔檸檬
- mesona 仙草
- milk tea 奶茶
- onion rings 洋蔥圈
- oyster omelet 蚵仔煎
- oyster with thin noodles 蚵仔麵線
- papaya milk 木瓜牛奶
- plum juice 酸梅湯
- popcorn 爆米花
- sausage 香腸
- shaved ice 剉冰

- slushie 冰沙
- snow ice 雪花冰
- soy custard 豆花
- stinky tofu 臭豆腐
- winter melon tea 冬瓜茶

Note

▶ apple 蘋果

▶ apple juice 蘋果汁

▶ banana 香蕉

▶ Barbecue sauce 烤肉醬

▶ beef 牛肉

▶ beer 啤酒

▶ berry 莓

▶ black pepper 黑胡椒

▶ black pepper sauce 黑胡椒醬

▶ bok choy 青江菜

▶ broccoli （綠）花椰菜

▶ cabbage 高麗菜

▶ carrot 胡蘿蔔

▶ celery 芹菜

▶ cereal 穀片、玉米片

▶ cherry 櫻桃

▶ cherry tomato 聖女番茄

▶ chicken 雞肉

▶ chicken breast 雞胸肉

▶ Chinese honey 椪柑

▶ clam 蛤蜊

▶ coconut 椰子

▶ cookie 餅乾

▶ crab 螃蟹

▶ cucumber 小黃瓜

▶ custard apple 釋迦

▶ cuttlefish 墨魚

▶ dressed squid 花枝

▶ eel 鰻魚

▶ eggplant 茄子

▶ fat 肥肉

▶ flake 鯊魚（肉）

▶ garlic 大蒜

▶ garlic bulb 蒜頭

▶ grape 葡萄

▶ grapefruit 葡萄柚

▶ green onion 蔥

▶ green pepper 青椒

▶ guava 芭樂

▶ hairtail 白帶魚

▶ hake 無鬚鱈魚

▶ instant coffee 即溶咖啡

- instant noodles 泡麵
- juicy peach 水蜜桃
- kiwi 奇異果
- knuckles 帶骨肉
- lean meat 瘦肉
- leek 韭菜
- lemon 檸檬
- lettuce 萵苣
- light beer 淡啤酒
- litchi 荔枝
- lobster 龍蝦
- longan 龍眼
- loquat 枇杷
- mackerel 青魚
- mango 芒果
- mantis shrimp 瀨尿蝦
- meat 肉（總稱）
- melon 哈蜜瓜
- miso 味噌
- milkfish 虱目魚
- mince 絞肉
- mineral water 礦泉水
- MSG 味精
- mullet roe 烏魚子
- mustard 芥末
- mushroom 蘑菇
- mutton 羊肉
- nectarine 水蜜桃
- octopus 章魚
- onion 洋蔥
- orange 柳橙
- orbfish 白鯧
- oyster 牡蠣
- pacific saury 秋刀魚
- pacific white shrimp 白蝦
- papaya 木瓜
- pea 豌豆
- peach 桃子
- peeled prawns 蝦仁
- persimmon 柿子
- pineapple 鳳梨
- plum 李子
- pomelo 柚子／文旦
- pork 豬肉
- pork chop 豬排
- pork fillet 里肌肉
- potato 馬鈴薯
- pumpkin 南瓜
- salt 鹽

- ▶scallop 扇貝
- ▶Scylla serrata 紅蟳
- ▶seasoning 調味料
- ▶shallot 青蔥
- ▶shrimp 蝦子
- ▶soy sauce 醬油
- ▶spinach 菠菜
- ▶sports drink 運動飲料
- ▶squid 烏賊
- ▶star fruit 楊桃
- ▶strawberry 草莓
- ▶sugar 糖
- ▶sugar cane 甘蔗

- ▶tangerine 橘子
- ▶tiger shrimp 草蝦
- ▶tomato 番茄
- ▶tomato juice 番茄汁
- ▶tuna 鮪魚
- ▶urchin 海膽
- ▶vinegar 醋
- ▶watermelon 西瓜
- ▶wax apple 蓮霧
- ▶white gourd 冬瓜
- ▶white pepper 白胡椒
- ▶yellow croaker 黃魚
- ▶yogurt 優酪乳

" 美妝店裡的生活英單，急著用就這樣指 "

- ▶antiperspirant 止汗劑
- ▶antiperspirant spray 止汗噴霧
- ▶anti-wrinkle cream 抗皺霜
- ▶bald 光頭

- ▶bang 瀏海
- ▶base note 後味
- ▶BB cream BB霜
- ▶bergamot 佛手柑精油
- ▶blush 腮紅

- ▶ blush brush 腮紅刷
- ▶ body firming cream 身體緊實霜
- ▶ body firming massage oil 塑身按摩油
- ▶ body lotion 身體乳液
- ▶ body powder 香體粉
- ▶ body scrub 身體磨砂膏
- ▶ brow brush 眉刷
- ▶ brow pencil 眉筆
- ▶ brow powder 眉粉
- ▶ bust treatment 胸部護理
- ▶ camphor 樟樹精油
- ▶ candle holder 燭台
- ▶ cardamom 豆蔻精油
- ▶ ceramic perm 陶瓷燙
- ▶ chamomile 洋甘菊精油
- ▶ cinnamon 肉桂精油
- ▶ cologne 古龍水／男性香水
- ▶ combination 混合性皮膚
- ▶ compounded essence oil 綜合精油
- ▶ concealer 遮瑕膏
- ▶ cosmetic brush 粉刷
- ▶ cosmetics 彩妝
- ▶ cotton pads 化妝棉
- ▶ cotton swabs 棉花棒
- ▶ cream 乳霜
- ▶ crew cut 平頭
- ▶ curly hair 捲髮
- ▶ curling mascara 捲翹睫毛膏
- ▶ day cream 日霜
- ▶ diet care 減肥護理
- ▶ digital perm 溫塑燙
- ▶ dry 乾性皮膚
- ▶ essence 精華液
- ▶ essence oil 精油
- ▶ exfoliator 去角質產品
- ▶ extension lengthening mascara 纖長睫毛膏
- ▶ eye cream 眼霜
- ▶ eye liner 眼線液
- ▶ eye mask 眼膜
- ▶ eye shadow 眼影
- ▶ eye shadow brush 眼影刷

▶eyebrow trimmer 修眉刀

▶facial 臉部用的

▶facial cleanser 洗面乳

▶facial mask 面膜

▶facial scrub 磨砂膏

▶fast-dry nail polish 快乾指甲油

▶firm 緊緻肌膚

▶floral water 淡香水

▶foot cream 腿部乳霜

▶foot massage 腳底按摩

▶foundation 粉底

▶full color 全染

▶gauze mask 口罩

▶gentle 溫和的

▶gentle lotion 溫和化妝水

▶grapefruit 葡萄柚精油

▶ground brush 磨砂刷

▶hair 頭髮

▶hair band 髮箍

▶hair clip 髮夾

▶hair cut 剪髮

▶hair hoop 髮圈

▶hair mist 定型液／噴霧

▶hair spray 髮妝水

▶hair treatment 護髮霜／油

▶hair wax 髮蠟

▶hairdo 髮型

▶hand cream 護手霜

▶hydrating lotion 保溼化妝水

▶jasmine 茉莉精油

▶lanolin cream 綿羊油

▶lash curler 睫毛夾

▶lavender 薰衣草精油

▶lemon 檸檬精油

▶lemongrass 檸檬香茅精油

▶lime 萊姆精油

▶lip balm 護唇膏

▶lip color 唇彩

▶lip gloss 唇蜜

▶lip liner 唇線筆

▶lipstick 唇膏

▶liquid foundation 粉底液

▶long hair 長髮

- loose powder 蜜粉
- lotion 化妝水
- makeup remover 卸妝水
- makeup removing lotion 卸妝乳液
- marigold 金盞花精油
- mascara 睫毛膏
- massage 按摩
- massage chair 按摩椅
- massage oil 按摩油
- massage stick 按摩棒
- middle note 中味
- moisturizer cream 保濕霜
- moisturizer lotion 保濕露
- moisturizing 補水的
- mousse 造型慕絲
- nail polish 指甲油
- nail saver 護甲液
- night cream 晚霜
- normal 中性的
- oil-absorbing sheets 吸油面紙

- oil-control balancing lotion 控油化妝水
- oily 油性的
- orange 香橙精油
- partial highlights 挑染
- peel off mask 撕去性面膜
- peppermint 薄荷精油
- perfume 香水
- permanent 燙髮
- polish remover 去光水
- pomade 髮油
- pore cleanser 除去黑頭粉刺
- powder puff 粉撲
- pre-makeup base 隔離霜
- pressed powder 粉餅
- removal cream 除毛膏
- rinse off mask 沖洗性面膜
- rose 玫瑰精油
- rose hip 玫瑰籽油精油

- ▶ **rosemary** 迷迭香精油
- ▶ **sage** 鼠尾草精油
- ▶ **sandalwood** 檀香精油
- ▶ **scented candle** 香氛蠟燭
- ▶ **scented sachet** 香氛禮袋
- ▶ **shading powder** 修容餅
- ▶ **short hair** 短髮
- ▶ **skin care** 皮膚護理
- ▶ **skin care product** 護膚產品
- ▶ **spa** 水療
- ▶ **sponge puff** 海綿撲
- ▶ **straight hair** 直髮
- ▶ **straight perm** 離子燙
- ▶ **stretch mark cream** 除紋霜
- ▶ **styling gel** 髮膠
- ▶ **sun lotion** 防曬乳液
- ▶ **tea tree** 茶樹精油
- ▶ **tint** 染髮劑
- ▶ **toning lotion** 收斂水
- ▶ **top note** 前味
- ▶ **tweezers** 除毛鉗

- ▶ **violet** 紫羅蘭精油
- ▶ **water spray** 保溼噴霧
- ▶ **whitening** 美白的
- ▶ **whitening lotion** 美白化妝水
- ▶ **whitening mask** 美白面膜
- ▶ **wig** 假髮

Note

....

....

....

....

....

....

....

....

....

購物中心裡的生活英單，急著用就這樣指

- ▶ A-line skirt A字裙
- ▶ ankle boots 踝靴
- ▶ armlet 臂環
- ▶ backpack 背包
- ▶ bangle 手鐲
- ▶ baseball cap 棒球帽
- ▶ beanie 毛線帽
- ▶ beauty case 化妝袋
- ▶ beret 貝蕾帽／畫家帽
- ▶ bikini 比基尼泳衣
- ▶ blouse 緊身女衫
- ▶ boonie hat 漁夫帽
- ▶ boots 靴子
- ▶ Boston bag 波士頓包
- ▶ bowler 圓頂硬禮帽
- ▶ bracelet 鐲子
- ▶ brassiere 女性內衣
- ▶ breeches 馬褲
- ▶ briefcase 公事包
- ▶ broad-brimmed straw hat 寬邊草帽
- ▶ brooch 胸針
- ▶ camera bag 相機袋
- ▶ canvas shoes 帆布鞋
- ▶ cap 便帽
- ▶ casual shoes 休閒鞋
- ▶ chain 手鏈
- ▶ chatelaine 腰鏈
- ▶ clip-on earrings 夾式耳環
- ▶ cloche 復古淑女帽
- ▶ clog 木拖鞋
- ▶ clothes 衣服、服裝
- ▶ clothing （總稱）衣服
- ▶ coat 女大衣
- ▶ cocktail skirt 宴會禮服
- ▶ cowboy hat 牛仔帽
- ▶ cuff link 袖扣
- ▶ denim jacket 牛仔外套
- ▶ diamond ring 鑽石戒指
- ▶ double-breasted jacket 雙排扣外套
- ▶ dress 女裝、洋裝
- ▶ dress pants 正式長褲、西裝褲

- ▶ **dress shoes**
  正式場合的皮鞋
- ▶ **earbob** 耳環、耳墜
- ▶ **earring** 耳環
- ▶ **electronic watch**
  電子錶
- ▶ **everyday clothes** 便服
- ▶ **fashion boots** 時尚靴
- ▶ **fedora** 淺頂軟呢帽
- ▶ **filler** 鞋撐、填料
- ▶ **fish tail skirt** 魚尾裙
- ▶ **flat shoes** 平底鞋
- ▶ **flip-flops** 夾腳拖鞋
- ▶ **frock coat** 雙排扣長禮服
- ▶ **fur coat** 皮草大衣
- ▶ **fur stole** 毛皮長圍巾
- ▶ **galoshes** 雨鞋
- ▶ **garment** 外衣
- ▶ **gentleman hat** 紳士帽
- ▶ **gold jewelry** 金飾
- ▶ **handbag** 手提包
- ▶ **hat** 帶沿的帽子
- ▶ **heel** 鞋跟
- ▶ **helmet** 安全帽
- ▶ **high-heels** 高跟鞋

- ▶ **hiking boots** 登山鞋
- ▶ **indoor slippers**
  室內拖鞋
- ▶ **jacket** 短夾克
- ▶ **jade bracelet** 玉鐲
- ▶ **Jazz hat** 爵士帽
- ▶ **jeans** 牛仔褲
- ▶ **jeans skirt** 牛仔裙
- ▶ **jewelry ring** 寶石戒指
- ▶ **jogging shoes** 慢跑鞋
- ▶ **jumper skirt**
  無袖連身裙
- ▶ **knee boots** 及膝靴
- ▶ **knitted shawl** 針織披巾
- ▶ **lace** 鞋帶
- ▶ **layered skirt** 蛋糕裙
- ▶ **leather jacket** 皮夾克
- ▶ **leather shoes** 皮鞋
- ▶ **magnetic earrings**
  磁石耳環
- ▶ **mantle** 斗篷
- ▶ **mechanical watch**
  機械錶
- ▶ **men's shoes** 男鞋
- ▶ **men's underwear** 內褲

- ►**moccasin** 鹿皮鞋
- ►**mortar board** （畢業時戴的）學位帽
- ►**necklace** 項鍊
- ►**necktie** 領帶
- ►**nightdress** 女性睡衣
- ►**nose ring** 鼻環
- ►**nose stud** 鼻釘
- ►**overalls** 吊帶褲／工作服
- ►**overcoat** 男式大衣
- ►**pajamas** 睡衣褲
- ►**Panama hat** 海灘遮陽帽
- ►**pants** 寬鬆長褲
- ►**pantyhose** 褲襪
- ►**patent leather shoes** 黑漆皮鞋
- ►**peaked cap** 鴨舌帽
- ►**pearl necklace** 珍珠項鍊
- ►**pelisse** 皮上衣
- ►**pendant** （項鍊等）墜子
- ►**platform shoes** 厚底鞋
- ►**pocket** 口袋
- ►**pocket watch** 懷錶

- ►**purse** 零錢包、小包包
- ►**quartz watch** 石英錶
- ►**ribbon** 緞帶
- ►**ring** 戒指
- ►**rompers** 連背心的褲子
- ►**saggy pants** 垮褲
- ►**sandal** 涼鞋
- ►**scarf** 圍巾
- ►**schoolbag** 書包
- ►**shawl** 大披巾
- ►**shirt** 襯衫
- ►**shoe** 鞋子總稱
- ►**shopping bag** 購物袋
- ►**short trousers** 短褲
- ►**silver jewelry** 銀飾
- ►**skating shoes** 溜冰鞋
- ►**skirt** 裙子
- ►**slip-on shoes** 無帶便鞋
- ►**slippers** 拖鞋
- ►**sneakers** 運動鞋
- ►**snow boots** 雪靴
- ►**socks** 短襪
- ►**sole** 鞋底
- ►**spaghetti strap** 細肩帶（背心或連身裙）

- ▶spikes 釘鞋
- ▶sports watch 運動錶
- ▶stainless steel jewelry 不銹鋼飾品
- ▶stockings 長襪
- ▶stopwatch 碼錶
- ▶strapless sundress 露肩平口洋裝
- ▶strappy 羅馬鞋
- ▶straw hat 草帽
- ▶suit coat 西裝外套
- ▶suspender belt 吊帶襪帶
- ▶swim cap 泳帽
- ▶swimming trunks 泳褲
- ▶tailcoat 燕尾服
- ▶tailored skirt 西裝裙
- ▶tattoo 刺青
- ▶three-piece suit 三件式西裝
- ▶three-quarter coat 中長大衣
- ▶tights 褲襪／內搭褲
- ▶top hat 高頂絲質禮帽
- ▶topee 遮陽帽

- ▶travel bag 旅行袋
- ▶travelling bag 旅行箱
- ▶trousers 褲子
- ▶T-shirt 短袖圓領衫／T恤
- ▶underpants 內褲
- ▶undershirt 汗衫
- ▶uniform 制服
- ▶vest 背心
- ▶waist bag 腰包
- ▶waist belt 腰帶
- ▶wallet 皮夾
- ▶wardrobe （個人的）所有服裝
- ▶watch 手錶
- ▶wedge sandal 楔形涼鞋
- ▶weskit 馬甲／緊身背心
- ▶wing collar 翻領／上漿翻領
- ▶zipper 拉鏈

Chapter 1

檯燈、嬰兒床、液晶電視：
幸福小宅裡的生活英單

偷聽老外怎麼說 🔊 *Track 0001*

學單字前，先聽聽看你認得對話中幾個和「居家用品」相關的單字！

A: Good morning, this is Royal Hotel. How may I help you?

B: I want to make a reservation for this weekend. I need a superior double room, and I want an extra single bed[1]. What kind of mattresses[2] do you have? Spring mattresses[3] or foam mattresses[4]?

A: All the beds in our hotel have foam mattresses.

B: Great. You have silk quilts[5], right? We are not used to the cheap ones.

A: Yes, we will prepare silk quilts for you.

B: Oh, we also need three memory foam[6] pillows[7]. We can't stand normal pillows.

A: Yes, we will prepare the best pillows for you.

中譯

A: 早安，這裡是皇家大飯店。請問您需要什麼服務呢？

B: 我想要預定週末的房間。我要一個頂級雙人房，然後我還要加一張單人床。你們的床墊是哪一種的？ 彈簧床墊還是乳膠床墊？

A: 所有我們飯店裡的床都是乳膠床墊。

B: 很好。你們有蠶絲被，對吧？我們不習慣用便宜的。

A: 好的，我們會為您準備蠶絲被的。

B: 噢，我們還需要三個記憶枕。我們受不了一般枕頭。

A: 好的，我們會為您準備最好的枕頭。

先閉上眼睛聽一次，再對照著中文翻譯聽聽看，這才是瞭解自己的實力、增進聽力的好方法喔！

單字充電站

聽出來了嗎？對話中出現這麼多寢具的英文說法耶！
聽不出來？沒關係，繼續往下翻就會學到了。

1 single bed	單人床
2 mattress	床墊
3 spring mattress	彈簧床墊
4 foam mattress	乳膠床墊
5 silk quilt	蠶絲被
6 memory foam	記憶枕
7 pillow	枕頭

幸福生活必會的居家單字

ad·just·a·ble bed
[ə`dʒʌstəbḷ-bɛd]

n. 可調整床

◀≷ *Track 0002*

air bed [ɛr-bɛd]

n. 氣床

◀≷ *Track 0003*

air con·di·tion·er
[ɛr-kən`dɪʃənɚ]

n. 冷氣

◀≷ *Track 0004*

ba·by crib [`bebɪ-krɪb]
n. 嬰兒床

◀≷ *Track 0005*

ball [bɔl]

n. 球

◀≷ *Track 0006*

base·ball [`bes`bɔl]

n. 棒球

◀≷ *Track 0007*

註 大家最常把baseball和basketball搞錯了。要記得，棒球那一個一個壘包叫做base（像是一壘就叫做first base），而籃球的那個籃子就叫做basket。從兩種運動會用到的器材來想，應該就不會搞混囉！

bas·ket·ball
[ˋbæskɪtˏbɔl]

n. 籃球　　◀≲ *Track 0008*

beach um·brel·la
[bitʃ-ʌmˋbrɛlə]

n. 遮陽傘　　◀≲ *Track 0009*

🔢 beach umbrella的beach是「沙灘」，beach umbrella也就是「在沙灘用的雨傘」的意思。因為在沙灘上常會用雨傘遮陽，所以大家後來就用beach umbrella來泛指所有的遮陽傘囉！

bed [bɛd]

n. 床　　◀≲ *Track 0010*

bi·cy·cle [ˋbaɪsɪkl̩]

n. 腳踏車　　◀≲ *Track 0011*

🔢 有兩個輪子的腳踏車是bicycle，那三輪車呢？就叫做tricycle。還有只有很厲害的人才會騎的單輪車，則叫做unicycle。

bi·cy·cle pump
[ˋbaɪsɪkl̩-pʌmp]

n. 打氣筒　　◀≲ *Track 0012*

bin·oc·u·lars
[baɪˋnɑkjələs]

n. 雙筒望遠鏡　◀≲ *Track 0013*

blan·ket [`blæŋkɪt]　　　**n.** 毛毯　　　◀≲ *Track 0014*

book cab·i·net
[buk-`kæbənɪt]
n. 書櫃　◀≲ *Track 0015*

book·case [`buk͵kes]　　　**n.** 書架　　　◀≲ *Track 0016*

bunk bed [bʌŋk-bɛd]　　　**n.** 雙層床　　　◀≲ *Track 0017*

註 睡雙層床時，是不是很多小朋友都喜歡搶著睡上層呢？上層叫做「top bunk」，而下層則是「bottom bunk」。搶著睡上層時，就大喊「The top bunk is mine!」（上層是我的！）吧。

can·o·py bed
[`kænəpɪ-bɛd]　　　**n.** 四柱床　　　◀≲ *Track 0018*

chest of drawers
[tʃɛst-ɔf-drɔ˞s]　　　**n.** 抽屜櫃　　　◀≲ *Track 0019*

child cot [tʃaɪld-kɑt]　　**n.** 童床　　🔊 *Track 0020*

clothes hook [kloz-hʊk]　**n.** 掛衣鉤　　🔊 *Track 0021*

clothes or·gan·i·zers
[kloz-ˋɔrgənˌɪzəs]　　**n.** 衣物儲藏間　　🔊 *Track 0022*

com·fort·er [ˋkʌmfətə]　　**n.** 厚被子　　🔊 *Track 0023*

couch [kaʊtʃ]
n. 長沙發，沙發床　🔊 *Track 0024*
註 couch跟sofa在中文裡都叫沙發，
但為什麼要分兩個單字？欸～其實
在英文裡這兩個字指的是不同種的
沙發，couch一般指單人坐的長沙
發（可兼睡椅），而sofa是給二～
三人座的一般沙發。

cur·tain [ˋkɝtn̩]　　**n.** 窗簾，掛簾　　🔊 *Track 0025*

de·hu·mid·i·fi·er
[ˌdɪˋhjumɪdəˏfaɪɚ]

n. 除溼機　◀ɛ Track 0026

desk lamp [dɛsk-læmp]
n. 檯燈

◀ɛ Track 0027

dou·ble bed
[ˋdʌbḷ-bɛd]

n. 雙人床　◀ɛ Track 0028

down com·fort·er
[daʊn-ˋkʌmfətɚ]

n. 羽絨被　◀ɛ Track 0029

dry·er [ˋdraɪɚ]

n. 烘衣機　◀ɛ Track 0030

du·vet [djʊˋve]
n. 被套　◀ɛ Track 0031

註 在歐美國家，有許多公司會為員工提供Duvet Day，又可以稱作「偷懶假」，是讓員工偶爾放鬆心情、蹺班休息用的，而且休這個假還可以不用提前告知！是不是很羨慕呢？

e·lec·tric blan·ket
[ɪˋlɛktrɪk-ˋblæŋkɪt]

n. 電毯　　◀≋ *Track 0032*

e·lec·tric fan
[ɪˋlɛktrɪk-fæn]
n. 電扇

◀≋ *Track 0033*

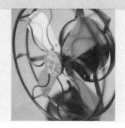

e·lec·tric heat·er
[ɪˋlɛktrɪk-ˋhitɚ]

n. 電暖氣　　◀≋ *Track 0034*

e·lec·tric i·ron
[ɪˋlɛktrɪk-ˋaɪɚn]

n. 電熨斗　　◀≋ *Track 0035*

註 叫做「electric iron」（電熨斗）是為了和不是用電的熨斗做區別，不過因為現在的熨斗大部分都是用電的了，沒必要特別區別，所以說「iron」也可以喔！

fab·ric soft·en·er
[ˋfæbrɪk-ˋsɔftənɚ]

n. 衣物柔軟精　　◀≋ *Track 0036*

flag [flæg]

n. 國旗　　◀≋ *Track 0037*

flash·light [ˈflæʃˌlaɪt]　　**n.** 手電筒　　◀ Track 0038

flow·er pot [ˈflaʊɚ-pot]
n. 花盆

◀ Track 0039

foam mat·tress
[fom-ˈmætrɪs]　　**n.** 乳膠床墊　　◀ Track 0040

fold-out couch
[fɔd-aʊt-kaʊtʃ]　　**n.** 多功能沙發椅　　◀ Track 0041

foot·ball [ˈfʊtˌbɔl]　　**n.** 足球　　◀ Track 0042

frame [frem]　　**n.** 床架　　◀ Track 0043

📋 frame有「框架」的意思，所以除了床架以外，一些其他的「框架」也可以用這個字。像是你掛在家裡牆上的畫，它的畫框就是frame喔！

fur·ni·ture for bed·room
[ˈfɝnɪtʃə-fɔr-ˈbɛdˌrum]

n. 臥室傢俱

▶《 *Track 0044*

gen·er·a·tor
[ˈdʒɛnəˌretə]

n. 發電機　　　　　◀《 *Track 0045*

hang·er(s) [ˈhæŋəs]
n. 衣架

◀《 *Track 0046*

hat and coat stand
[hæt-ænd-kot-stænd]

n. 衣帽架　　　◀《 *Track 0047*

註 在英文裡，stand不只是有動詞「站立」的意思，凡是像一些立起來的
支架、架子、檯子都可以叫做stand，因為這些東西都像是站立在那裡
嘛！

hat rack [hæt-ræk]
n. 帽子架　　　◀《 *Track 0048*

head·board
[ˈhɛdˌbord]

n. 床頭　　　◀《 *Track 0049*

i·ron [ˈaɪən]　　　　**n.** 熨斗　　　◀⟨ *Track 0050*

jew·el case
[ˈdʒuəl-kes]
n. 首飾盒

◀⟨ *Track 0051*

lamp [læmp]
n. 照明燈

◀⟨ *Track 0052*

laun·dry liq·uid
[ˈlɔndrɪ-ˈlɪkwɪd]　　　**n.** 洗衣精　　　◀⟨ *Track 0053*

light [laɪt]　　　　　**n.** 燈　　　◀⟨ *Track 0054*

light·er [ˈlaɪtə]　　　**n.** 打火機　　　◀⟨ *Track 0055*

🈁 我們的中文裡，不只是國語用詞深受英文影響，連台語也有哦！像台語的打火機發音是「賴打」，就是從英文的lighter演變過來的啦！

mat·tress [ˈmætrɪs]　　**n.** 床墊　　◀≋ *Track 0056*

mem·o·ry foam
[ˈmɛmərɪ-fom]　　**n.** 記憶枕　　◀≋ *Track 0057*

mos·qui·to re·pel·lent
[məˈskito-rɪˈpɛlənt]　　**n.** 防蚊液　　◀≋ *Track 0058*

night stand
[naɪt-stænd]
n. 床頭櫃
◀≋ *Track 0059*

ny·lon rope [ˈnaɪlɑn-rop]　**n.** 尼龍繩　　◀≋ *Track 0060*

outlet [ˈaʊtˌlɛt]　　**n.** 插座　　◀≋ *Track 0061*

pick axe [pɪk-æks]
n. 鋤頭
◀≋ *Track 0062*

pil·low [`pɪlo]   **n.** 枕頭   ◀┊ *Track 0063*

pil·low·case
[`pɪlo͵kes]
n. 素的枕頭套
◀┊ *Track 0064*

plas·tic rope
[`plæstɪk-rop]   **n.** 塑膠繩   ◀┊ *Track 0065*

quilt [kwɪlt]   **n.** 薄被子   ◀┊ *Track 0066*

re·mote con·trol
[rɪ`mot-kən`trol]
n. 遙控器
◀┊ *Track 0067*

rope [rop]   **n.** 繩子   ◀┊ *Track 0068*

📵 rope這個字除了當繩子解釋之外，還可以當動詞用，就是把某個人套住的意思，由此也衍生出一個片語rope somebody in，意思就是設圈套「網羅」某人。

round bed [raʊnd-bɛd] 　**n.** 圓床　　◀≋ *Track 0069*

safe·ty box [ˋseftɪ-bɑks] 　**n.** 保險櫃　　◀≋ *Track 0070*

scale [skel]
n. 磅秤
◀≋ *Track 0071*

sham [ʃæm] 　　　　　**n.** 有花邊的枕頭套　◀≋ *Track 0072*

註 sham這個字有「假貨、偽造品、騙子」的意思，也可以引申作為「讓物品看起來跟它實際的樣子不同的東西」的意思用。花花的枕頭套是不是也讓枕頭看起來跟原本的樣子不同呢？所以才會用sham這個字了。

shelf [ʃɛlf] 　　　　　**n.** 架子　　　　◀≋ *Track 0073*

shelf u·nit [ʃɛlf-ˋjunɪt] 　**n.** 書架板子　◀≋ *Track 0074*

shoe box [ʃu-bɑks]　　**n.** 鞋盒　　🔊 *Track 0075*

shoe cab·i·net(s)
[ʃu-ˋkæbənɪts]　　**n.** 鞋櫃　　🔊 *Track 0076*

shoe rack [ʃu-ræk]　　**n.** 鞋架　　🔊 *Track 0077*

shov·el [ˋʃʌvl̩]　　**n.** 鐵鍬　　🔊 *Track 0078*
🈟 關於shovel有個有趣用法，叫做get out the shovel，什麼意思呢？shovel是鐵鍬，而鐵鍬是用來挖東西的，get out the shovel就是指「挖掘真相」啦！

silk quilt [sɪlk-kwɪlt]　　**n.** 蠶絲被　　🔊 *Track 0079*

sin·gle bed [ˋsɪŋgl̩-bɛd]
n. 單人床
🔊 *Track 0080*

so·fa bed [ˋsofə-bɛd]　　**n.** 沙發床　　◀≲ *Track 0081*

spin-dry·er [spɪn-ˋdraɪɚ]　　**n.** 脫水機　　◀≲ *Track 0082*

🈁 spin這個字有「旋轉」的意思，像說「陀螺在轉」，就是「the top is spinning」。脫水機是不是都一直轉轉轉呢？所以就叫做spin-dryer 了。

spring mat·tress
[sprɪŋ-ˋmætrɪs]　　**n.** 彈簧床墊　　◀≲ *Track 0083*

stor·age cab·i·net
[ˋstorɪdʒ-ˋkæbənɪt]
n. 儲物櫃
◀≲ *Track 0084*

stor·age case
[ˋstorɪdʒ-kes]　　**n.** 儲物箱　　◀≲ *Track 0085*

stor·age pack·age
[ˋstorɪdʒ-ˋpækɪdʒ]　　**n.** 收納包包　　◀≲ *Track 0086*

sun·glass·es
[ˈsʌnˌɡlæsɪz]

 **n.** 太陽眼鏡　　◀≷ *Track 0087*

Swiss ar·my knife
[swɪs-ˈɑrmɪ-naɪf]

n. 瑞士刀　　◀≷ *Track 0088*

註 Swiss army knife一開始只有螺絲起子跟開罐器兩種功能，經過一個多世紀的進化，至今Swiss army kife可以同時擁有141種功能，甚至可搭配USB隨身碟、鐳射筆等現代化需求的工具。

tel·e·phone [ˈtɛləˌfon]

n. 電話　　◀≷ *Track 0089*

tel·e·vi·sion cab·i·net
[ˈtɛləˌvɪʒən-ˈkæbənɪt]
n. 電視櫃
◀≷ *Track 0090*

tent [tɛnt]

n. 帳篷　　◀≷ *Track 0091*

ther·mom·e·ter
[θəˈmɑmətə]

n. 溫度計　　◀≷ *Track 0092*

throw pil·low
[ˋθro-ˋpɪlo]
n. 抱枕　◄≲ *Track 0093*

tools [tuls]　　　　**n.** 工具　　　◄≲ *Track 0094*

trash bag [træʃ-bæg]　　**n.** 垃圾袋　　◄≲ *Track 0095*

trash can [træʃ-kæn]　　**n.** 垃圾桶　　◄≲ *Track 0096*

um·brel·la [ʌmˋbrɛlə]　　**n.** 雨傘　　◄≲ *Track 0097*

vac·u·um clean·er
[ˋvækjəm-ˋklinɚ]
n. 吸塵器
◄≲ *Track 0098*

vi·ta·min [ˈvaɪtəmɪn]   **n.** 維他命   🔊 *Track 0099*

wall shelf [wɔl-ʃɛlf]
n. 牆壁擱架
🔊 *Track 0100*

wall stor·age
[wɔl-ˈstɔrɪdʒ]
n. 牆面儲藏間
🔊 *Track 0101*

ward·robe(s)
[ˈwɔrdˌrobs]   **n.** 衣櫃   🔊 *Track 0102*

wash·ing ma·chine
[ˈwɑʃɪŋ-məˈʃin]   **n.** 洗衣機   🔊 *Track 0103*

wash·ing pow·der
[ˈwɑʃɪŋ-ˈpaudə]   **n.** 洗衣粉   🔊 *Track 0104*

wa·ter·ing pot
[ˋwɔtərɪŋ-pot]
n. 灑水壺
🔊 *Track 0105*

wool com·fort·er
[wʊl-ˋkʌmfətə]
n. 羊毛被　　🔊 *Track 0106*

🈴 comforter這個字是從comfort（安慰、使舒適）延伸而來的，因為棉被是一種令人感到被安慰、身心都舒適放鬆的物品，所以就直接用comfort再加上字尾-er來表示囉！

Note

加倍奉送！
5個幸福小宅必學句型

句型1

想表示關心，就用這個句型！

" **What happened to...?** "

……怎麼了？

1 What happened to you? Why are you lying on the couch at this hour? ◀€ *Track 0107*
你怎麼了？為什麼你現在會躺在沙發上？

2 What happened to the washing machine? The noise is awful! ◀€ *Track 0108*
洗衣機是怎麼了？那個噪音也太可怕了！

句型2

請家人幫忙或要求配合，還是要客客氣氣的喔！

" **Could you please + V ?** "

請問你能不能……？

1 Honey, could you please help me iron this shirt? ◀€ *Track 0109*
親愛的，你能不能幫我熨這件襯衫？

2 Could you please get the ball out of the hallway? ◀€ *Track 0110*
你可以把這顆球弄出走廊嗎？

3 Melissa, could you please stop eating in bed? ◀€ *Track 0111*
蒙麗莎，可以請妳不要在床上吃東西嗎？

4 Could you please help me take out the garbage? ◀€ *Track 0112*
你可以幫我倒垃圾嗎？

句型3

想跟親密家人分享某人、事、物看起來如何，就用這個句型！

" **主詞 + look...** "

看起來……

❶ **The sunglasses look great on you!** ◀︎Track 0113
你戴這個太陽眼鏡看起來好讚！

❷ **Mrs. Lin's husband looks like a snob to me.** ◀︎Track 0114
林太太的老公看起來很勢利。

句型4

想邀老爸一起逛夜市，用這個句型就對了！

" **How about...?** "

要不要……？ / ……怎麼樣？

❶ **How about some ice cream after dinner?** ◀︎Track 0115
吃完晚餐要不要來一點冰淇淋？

❷ **How about the pink fold-out couch? It looks cute and comfortable.** ◀︎Track 0116
那個粉紅色的沙發椅怎麼樣？它看起來又可愛又舒服。

句型5

發表成年獨立宣言，不可不學的句型！

" **I am going to + V** "

我（將）要……

❶ **I am going to rent an apartment in Tainan.** ◀︎Track 0117
我要在台南租一間公寓。

❷ **The mattress is rock hard! I am going to buy a softer one.** ◀︎Track 0118
這個床墊硬得跟石頭一樣！我要買一個軟一點的。

Chapter2

菜刀、水槽、保鮮膜：
魔法廚房裡的生活英單

偷聽老外怎麼說

 Track 0119

學單字前，先聽聽看你認得對話中幾個和「廚房用品」相關的單字！

A: Could you please pass me the saucer[1]?

B: Here you go. What else can I help you with?

A: I would be grateful if you can set all the knives[2], forks[3] and plates[4].

B: Where are the coffee pot[5] and cups[6]?

A: They are in the cupboard. Actually, I plan to do something special with the coffee.

B: Are you going to drink it hot with a straw[7]?

A: No! I plan to put a ring inside the coffee, so my girlfriend will be so surprised and touched when she sees it.

B: But if she accidentally swallows it, you will hate each other forever once she finds out that she ate a piece of metal and you realize that all your savings is in her stomach.

中譯

A: 可以請你把小碟子給我嗎？

B: 拿去吧。我還可以幫你什麼？

A: 如果你能幫我把餐刀、叉子和盤子擺好我會相當感激的。

B: 咖啡壺跟咖啡杯在哪？

A: 它們在櫥櫃裡。其實我打算對咖啡來點特別的。

B: 你要用吸管喝熱咖啡嗎？

A: 不是啦！我計劃要把戒指放在咖啡裡頭，我女朋友看
到時一定會相當驚訝又感動。

B: 但如果她不小心把它吞下去，一旦她發現她吞了一塊
金屬、你則發覺你畢生的積蓄在她的肚子裡，你們就
會討厭對方一輩子的。

先閉上眼睛聽一次，再對照著中文翻譯聽聽看，這才是瞭解自己
的實力、增進聽力的好方法喔！

單字充電站

聽出來了嗎？對話中出現這麼多餐具的英文說法耶！
聽不出來？沒關係，繼續往下翻就會學到了。

1 saucer		小碟子
2 knife		刀子
3 fork		叉子
4 plate		盤子
5 coffee pot		咖啡壺
6 coffee cup		咖啡杯
7 straw		吸管

料理佳餚必會的廚房單字

a·lu·mi·num foil
[əˈlumɪnəm-fɔɪl]　　　**n.** 錫箔紙　◀≋ *Track 0120*

a·pron [ˈeprən]
n. 圍裙
◀≋ *Track 0121*

bas·ket [ˈbæskɪt]　　　**n.** 籃子　◀≋ *Track 0122*

blen·der [ˈblɛndɚ]　　　**n.** 果汁機　◀≋ *Track 0123*

bowl [bol]
n. 碗　◀≋ *Track 0124*

註 碗反過來戴在頭上，是不是很像我
們俗稱的西瓜皮髮型呢？所以英文
就把這種髮型叫做bowl cut喔！

broom [brum]　　　**n.** 掃帚　◀≋ *Track 0125*

buck·et [ˈbʌkɪt]　　　🅝 水桶　◀€ *Track 0126*

cab·i·net [ˈkæbənɪt]
🅝 櫃子
◀€ *Track 0127*

cad·dy [ˈkædɪ]　　　🅝 茶罐　◀€ *Track 0128*

can [kæn]　　　🅝 罐頭　◀€ *Track 0129*

can open·er [kæn-ˈopənɚ]　🅝 開罐器　◀€ *Track 0130*

Chi·nese chop·per
[tʃaɪˈniz-ˈtʃɑpɚ]

🅝 菜刀　◀€ *Track 0131*

🈺 為什麼菜刀Chinese chopper字面
上看起來的意思是「中式切肉刀」
呢？因為西方料理用的刀子比較
小、刀面比較圓滑，而刀面呈現四
角形的菜刀是中國才有的刀子，所
以才把菜刀叫做Chinese chopper。

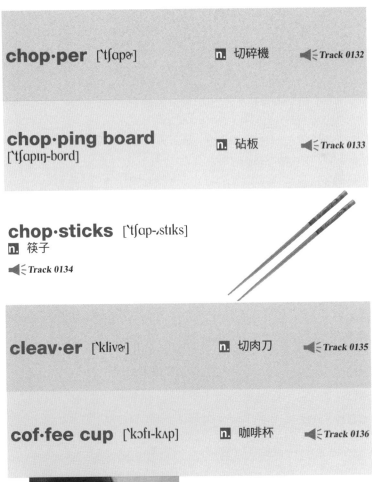

chop·per [ˈtʃɑpɚ]   n. 切碎機   ◀≷ Track 0132

chop·ping board [ˈtʃɑpɪŋ-bord]   n. 砧板   ◀≷ Track 0133

chop·sticks [ˈtʃɑp-ˌstɪks]
n. 筷子

◀≷ Track 0134

cleav·er [ˈklivɚ]   n. 切肉刀   ◀≷ Track 0135

cof·fee cup [ˈkɔfɪ-kʌp]   n. 咖啡杯   ◀≷ Track 0136

cof·fee pot [ˈkɔfɪ-pot]
n. 咖啡壺   ◀≷ Track 0137

註 coffee pot依煮咖啡的方法分成好幾種，常見的有摩卡壺、虹吸式咖啡壺、跟滴漏式咖啡壺。即使是同樣的豆子，用不同coffee pot煮出來就是會有不同風味哦！

cook·er [ˋkʊkɚ]　　　　**n.** 爐子　　◀≲ *Track 0138*

cook·ing e·quip·ment
[ˋkʊkɪŋ-ɪˋkwɪpmənt]　　　　**n.** 炊具　　◀≲ *Track 0139*

crisp·er [ˋkrɪspɚ]　　　　**n.** 保鮮盒　　◀≲ *Track 0140*

🔠 crisp是「脆的」的形容詞。保鮮盒裡的蔬菜水果，是不是放了一段時間還是可以保持脆脆的呢？難怪保鮮盒會叫做crisper了。

cup [kʌp]　　　　**n.** 杯子　　◀≲ *Track 0141*

cup·board [ˋkʌbəd]　　　　**n.** 櫥櫃　　◀≲ *Track 0142*

dish [dɪʃ]　　　　**n.** 碟子　　◀≲ *Track 0143*

dish·wash·er [ˈdɪʃˌwɑʃɚ] **n.** 洗碗機 ◀≷Track 0144

註 在中文裡，我們都通稱清洗餐具（包括碗、盤、碟）為「洗碗」；但英文卻都是講「洗碟子」（wash dishes），而中文的洗碗機在英文裡叫洗碟機（dishwasher），這種差異是不是很有趣呢？

drain·ing board [ˈdrenɪŋ-bord] **n.** 瀝水板 ◀≷Track 0145

dust·pan [ˈdʌstˌpæn] **n.** 畚箕 ◀≷Track 0146

egg beat·er [ɛg-ˈbitɚ] **n.** 打蛋器 ◀≷Track 0147

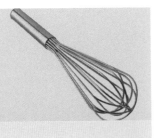

e·lec·tric cook·er [ɪˈlɛktrɪk-ˈkʊkɚ] **n.** 電鍋 ◀≷Track 0148

e·lec·tric ov·en [ɪˈlɛk-trɪk-ˈʌvən] **n.** 電烤箱 ◀≷Track 0149

fish slice [fɪʃ-slaɪs]   **n.** 煎魚鏟   ◀≲*Track 0150*

fork [fɔrk]
n. 叉子

◀≲*Track 0151*

freez·er [ˈfrizɚ]   **n.** 冷凍庫   ◀≲*Track 0152*

fruit knife [frut-naɪf]   **n.** 水果刀   ◀≲*Track 0153*

fruit plate [frut-plet]   **n.** 水果盤   ◀≲*Track 0154*

fry·ing pan [ˈfraɪjɪŋ-pæn]
n. 平底鍋

◀≲*Track 0155*

gas stove [gæs-stov]
n. 瓦斯爐

◀≶ *Track 0156*

glass [glæs]　　　　　　**n.** 玻璃杯　　◀≶ *Track 0157*

grill [grɪl]
n. 燒烤架

◀≶ *Track 0158*

ice cru·sher [aɪs-ˈkrʌʃɚ]　　**n.** 刨冰機　　◀≶ *Track 0159*

in·duc·tion cook·er
[ɪnˈdʌkʃən-ˈkʊkɚ]　　**n.** 電磁爐　　◀≶ *Track 0160*

jar [jɑr]　　　　　　**n.** 罐子　　◀≶ *Track 0161*

juic·er [ˈdʒusɚ]　　　　　　**n.** 榨汁機　　◀≷ Track 0162

ket·tle [ˈkɛtḷ]
n. 水壺
◀≷ Track 0163

kitch·en cab·i·net　　　　**n.** 櫥櫃　　◀≷ Track 0164
[ˈkɪtʃɪn-ˈkæbənɪt]

knife [naɪf]　　　　　　　**n.** 刀子　　◀≷ Track 0165

la·dle [ˈledḷ]　　　　　　　**n.** 杓子　　◀≷ Track 0166

lunch box [lʌntʃ-bɑks]　　**n.** 便當盒　　◀≷ Track 0167

註 有沒有發現，lunch box直接從英文翻譯過來的意思是「午餐盒」？因為lunch box是美國媽媽們在早上盛裝食物、給小朋友帶去學校當午餐的盒子。再順帶一提，這些便當都是吃冷的哦！

mi·cro·wave ov·en
[ˋmaɪkrəˏwev-ˋʌvən]
n. 微波爐　◀╡Track 0168

註 micro-這個字是從希臘語來的，意思是small（小），這個小是多小？相當於一百萬分之一這麼小，而微波爐裡讓食物變熱的能量是由每秒鐘24.5億千次的振動所產生，這樣的小振動用micro-來稱呼當之無愧啊。

minc·er [ˋmɪnsə]　　　　**n.** 絞肉機　◀╡Track 0169

mug [mʌg]　　　　**n.** 馬克杯　◀╡Track 0170

nap·kin [ˋnæpkɪn]　　　　**n.** 餐巾　◀╡Track 0171

net scoop la·dle
[nɛt-skup-ˋledl]
n. 撈麵杓　◀╡Track 0172

註 net有「網子」的意思，而scoop則有「撈、挖」的意思（像「挖冰淇淋」就是scoop ice cream）。撈麵杓就是網狀的撈東西工具，難怪會叫net scoop ladle了！

ov·en [ˋʌvən]　　　　**n.** 烤箱／爐　◀╡Track 0173

pan·try [`pæntrɪ]　　　　　　**n.** 食品貯藏室　◀≶*Track 0174*

pa·per nap·kin　　　　　　**n.** 餐巾紙　◀≶*Track 0175*
[`pepɚ-`næpkɪn]

註 napkin是「餐巾」的意思，可以用來指用布做的餐巾。要強調這餐巾
紙是「紙做的」，不是布做的，才會用paper napkin這個單詞啦！不過
現在napkin也可以泛指所有餐巾，所以也包括餐巾紙了。

peel·er [`pilɚ]　　　　　　**n.** 削皮刀　◀≶*Track 0176*

pep·per set [`pɛpɚ-sɛt]　　**n.** 椒鹽罐　◀≶*Track 0177*

plas·tic bag [`plæstɪk-bæg]　**n.** 塑膠袋　◀≶*Track 0178*

plas·tic wrap·per(s)　　　**n.** 保鮮膜　◀≶*Track 0179*
[`plæstɪk-`ræpɚs]

註 覺得這個單字有點長的話，plastic wrap也是個稱呼保鮮膜常用的用法
喔！

plate [plet]　　　　　　　　　**n.** 盤子　　◀╠ *Track 0180*

pot [pɑt]　　　　　　　　　　　**n.** 鍋子　　◀╠ *Track 0181*

註 pot可依不同的用途分成很多種類，比如tea pot（茶壺）、coffee pot（咖啡壺）或melting pot（熔爐），不過有個pot是可以吃的，是什麼呢？就是hot pot（火鍋）啦！

pot·hol·der glove
[`pɑtholdɚ-glov]
n. 隔熱手套
◀╠ *Track 0182*

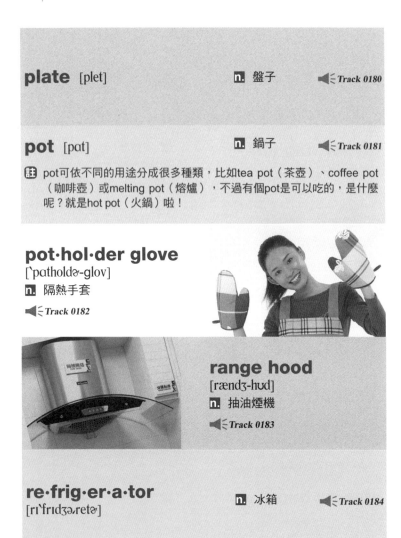

range hood
[rændʒ-hʊd]
n. 抽油煙機
◀╠ *Track 0183*

re·frig·er·a·tor　　　　　　　　**n.** 冰箱　　◀╠ *Track 0184*
[rɪ`frɪdʒəˌretɚ]

rice bowl [raɪs-bol]　　　　　　**n.** 飯碗　　◀╠ *Track 0185*

roll·ing pin [ˋrolɪŋ-pɪn]　　**n.** 擀麵棍　　◀⅋*Track 0186*

sau·cer [ˋsɔsɚ]　　**n.** 小碟子　　◀⅋*Track 0187*

sink [sɪŋk]
n. 水槽
◀⅋*Track 0188*

soup la·dle [sup-ˋledl̩]
n. 湯杓
◀⅋*Track 0189*

soup spoon [sup-spun]　　**n.** 湯匙　　◀⅋*Track 0190*

spat·u·la [ˋspætʃələ]　　**n.** 鍋鏟　　◀⅋*Track 0191*

steam·er [`stimɚ]
n. 蒸籠
≋ Track 0192

stove [stov]　　　　**n.** 爐子　　≋ Track 0193

strain·er [`strenɚ]　　**n.** 過濾網　≋ Track 0194

straw [strɔ]　　**n.** 吸管　≋ Track 0195

ta·ble cloth [`tebḷ-klɔθ]　　**n.** 桌布　≋ Track 0196

tap [tæp]
n. 水龍頭
≋ Track 0197

tea pot [ti-pɑt]
n. 茶壺

🔊 *Track 0198*

tea set [ti-sɛt]　　　　**n.** 茶具　🔊 *Track 0199*

tea tray [ti-tre]　　　**n.** 茶盤　🔊 *Track 0200*

🈶 英國人對泡茶及喝茶之講究，所延伸出來的字彙，還不只這三種（tea pot、tea set、tea tray），比如tea caddy（茶筒）、teapoy（茶几）、tea cake（茶點）等，一天內還有一段時間叫tea break，專門用來休息喝茶用。

ther·mos [ˈðɝməs]　　　**n.** 熱水瓶　🔊 *Track 0201*

toast·er [ˈtostɚ]　　　**n.** 烤麵包機　🔊 *Track 0202*

tooth·pick [ˈtuθˌpɪk]　　　**n.** 牙籤　🔊 *Track 0203*

tu·reen [tʃʊˋrin]
n. 湯盤
🔊 Track 0204

wa·ter boil·er [ˋwɔtɚ-ˋbɔɪlɚ] **n.** 電熱瓶 🔊 Track 0205

wa·ter bot·tle [ˋwɔtɚ-ˋbɑtl̩] **n.** 水壺 🔊 Track 0206

wa·ter dis·pens·er
[ˋwɔtɚ-dɪˋspɛnsɚ] **n.** 飲水機 🔊 Track 0207

wok [wɑk] **n.** 鍋子 🔊 Track 0208

🈳 這裡提到的wok跟之前提到的pot有什麼不一樣？pot除了指煮湯類的鍋外，更多是用來指壺、盆一類的容器，而wok就是專指炒菜、炒飯的那種鍋，要講得更精確就是「鑊」。

wash·ing-up liq·uid
[ˋwɑʃɪŋ-ʌp-ˋlɪkwɪd] **n.** 洗碗精 🔊 Track 0209

wip·ing tow·el

n. 抹布

🔊 *Track 0210*

[ˈwaɪpɪŋ-taʊl]

註 說來有趣，外國人眼中的「wiping towel」雖然也是用來擦窗戶、擦桌子，但長相跟材質卻硬是跟我們用的「抹布」不一樣。我就有好多朋友抱怨到美國、英國等等地方，都買不到我們習慣的「抹布」，只買得到一些很不好擦的「wiping towel」。所以如果要出國長住、又懷念家鄉的抹布，就乾脆自己帶一些去吧！

Note

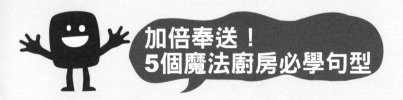

加倍奉送！
5個魔法廚房必學句型

句型1

廚師廚娘法寶分享趣時，一定要會的句型！

" May I have a look at + N? "
我可以看一下……嗎？

1 May I have a look at the new oven?　◀ *Track 0211*
我可以看一下新的烤箱嗎？

2 May I have a look at those designer　◀ *Track 0212*
coffee cups?
我可以看一下那些設計師專門設計的咖啡杯嗎？

句型2

給麻吉良心建議時，就用這個句型！

" 主詞 + had better... "
主詞最好……

1 You had better include the tea set in　◀ *Track 0213*
your private collection.
你最好把那組茶具納入你的私人收藏。

2 Tell Jimmy that he had better not talk　◀ *Track 0214*
when his mouth's full.
告訴吉米他最好不要在滿嘴都是食物的時候開口說話。

3 Susie had better not run in the kitchen or　◀ *Track 0215*
one day she'll hurt herself.
蘇西最好不要在廚房跑來跑去，不然有一天她會傷到自己。

4 You had better save some money for a　◀ *Track 0216*
rainy day.
你最好存點錢，以備不時之需。

句型3

你應該只加一匙鹽！指示別人該怎麼做就用這個句型！

" You should / should not + V "

你應該／不應該……

1 You should drink red wine with a glass, not a bowl! ◀ *Track 0217*

你應該用玻璃杯喝紅酒，而不是用碗！

2 Show some respect! You really shouldn't ◀ *Track 0218* talk to Dad like that.

放尊重一點！你真不應該和爸爸那樣說話。

句型4

hold不住，一定要舉例說明你最喜歡的菜色？就用這個句型！

" such as … and so on "

像是……等等

1 This pizza shop is gorgeous! You've got to ◀ *Track 0219* try its most loved toppings such as cheese, pepperoni, pineapple, bacon and so on.

這間披薩店棒極了！你一定要試試它最受喜愛的幾種口味，像是起司、義大利辣味香腸、鳳梨、培根等等。

2 Symptoms such as headache, sore throat, ◀ *Track 0220* fatigue and so on are signs of catching a cold.

有頭痛、喉嚨痛和疲倦等等的症狀是感冒了的徵兆。

句型5

冰箱裡有吃的？想要報好康就用這個句型！

" There is... " 有……

1 If you're thirsty, there is still some ◀ *Track 0221* coffee in the coffee pot.

如果你渴的話，咖啡壺裡還有一些咖啡。

2 Be careful! There's a fruit knife on the table. ◀ *Track 0222*

小心點！桌上有一把水果刀。

Chapter3

香皂、浴帽、刮鬍刀：
私密衛浴裡的生活英單

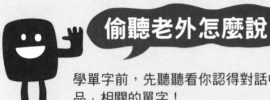

偷聽老外怎麼說 ◀€ *Track 0223*

學單字前，先聽聽看你認得對話中幾個和「浴室用品」相關的單字！

A: Mom, this is my new dorm room.

B: I think you should move out right away.

A: Why? The rent is rather cheap, and the bathroom is huge.

B: But there's neither a towel hanger[1] for bath towels[2] nor a bathtub[3]. And the hand shower[4] is rusty.

A: Mom, I don't need a bathtub.

B: Fine. I think you also need some cleaning products here, such as some WC freshener, some hand sanitizer[5] and some washing powder[6].

A: Why don't we just go to the B&Q next to the supermarket on the corner to buy a new hand shower?

B: Good idea. We are going to spend lots of money on your shabby dorm room.

中譯

A: 媽，這是我的新宿舍寢室。

B: 我覺得你應該立刻搬出去。

A: 為什麼？房租很便宜，而且浴室很大呢。

B: 它沒有毛巾架掛浴巾，也沒有浴缸。蓮蓬頭還生鏽了。

A: 媽，我根本不需要浴缸。

B: 好吧，我想你還需要一些清潔用品，像是廁所芳香劑、洗手乳和洗衣粉。

A: 為什麼我們不乾脆去轉角那間超級市場旁邊的特力屋買新的蓮蓬頭？

B: 好主意。我們會在你這間破寢室上花很多錢。

先閉上眼睛聽一次，再對照著中文翻譯聽聽看，這才是瞭解自己的實力、增進聽力的好方法喔！

單字充電站

聽出來了嗎？對話中出現這麼多洗香香會用到的設備耶！聽不出來？沒關係，繼續往下翻就會學到了。

❶	towel hanger	毛巾架
❷	bath towel	浴巾
❸	bathtub	浴缸
❹	hand shower	蓮蓬頭
❺	hand sanitizer	洗手乳
❻	washing powder	洗衣粉

洗香香必會的浴室單字

air fresh·en·er
[ɛr-ˈfrɛʃənɚ]　　　　　**n.** 空氣清新劑　🔊 *Track 0224*

ba·by pow·der
[ˈbebɪ-ˈpaudɚ]　　　　**n.** 爽身粉　🔊 *Track 0225*

ba·sin [ˈbesn̩]
n. 臉盆
🔊 *Track 0226*

bath lil·y [bæθ-ˈlɪlɪ]　　**n.** 沐浴球　🔊 *Track 0227*

bath mat [bæθ-mæt]
n. 防滑墊
🔊 *Track 0228*

bath·robe [ˈbæθˌrob]　　　**n.** 浴衣　🔊 *Track 0229*

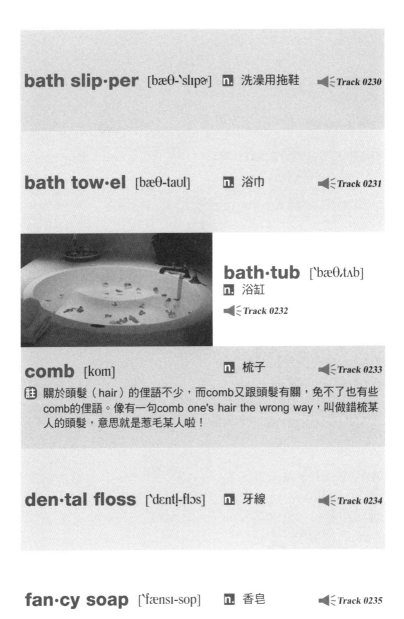

bath slip·per [bæθ-ˋslɪpɚ] **n.** 洗澡用拖鞋 ◀ ≷ *Track 0230*

bath tow·el [bæθ-taʊl] **n.** 浴巾 ◀ ≷ *Track 0231*

bath·tub [ˋbæθ͵tʌb]
n. 浴缸
◀ ≷ *Track 0232*

comb [kom] **n.** 梳子 ◀ ≷ *Track 0233*

註 關於頭髮（hair）的俚語不少，而comb又跟頭髮有關，免不了也有些comb的俚語。像有一句comb one's hair the wrong way，叫做錯梳某人的頭髮，意思就是惹毛某人啦！

den·tal floss [ˋdɛntl̩-flɔs] **n.** 牙線 ◀ ≷ *Track 0234*

fan·cy soap [ˋfænsɪ-sop] **n.** 香皂 ◀ ≷ *Track 0235*

foam [fom]　　　　　　　**n.** 泡沫　　　🔊 *Track 0236*

hair con·di·tion·er　　　**n.** 潤髮乳　　　🔊 *Track 0237*
[hɛr-kənˋdɪʃənɚ]

🈺 覺得hair conditioner很長的話，只要記conditioner就好囉！潤髮乳的瓶身上通常都只會寫conditioner，所以找到它就不會錯了，不用擔心買成洗髮乳。

hair dry·er [hɛr-ˋdraɪɚ]　　**n.** 吹風機　　　🔊 *Track 0238*

hand san·i·tiz·er　　　**n.** 洗手液　　　🔊 *Track 0239*
[hænd-ˋsænəˌtaɪzɚ]

hand show·er　　　　　**n.** 蓮蓬頭　　　🔊 *Track 0240*
[hænd-ˋʃaʊɚ]

🈺 蓮蓬頭的另一個說法是shower head，兩個都有人用喔！

hooks [hʊks]　　　　　　**n.** 掛鉤　　　🔊 *Track 0241*

pa·per tow·el
[`pepɚ-`tauəl]

n. 紙巾　◀≶ *Track 0242*

pan·ty·lin·er　[`pæntɪlaɪnɚ]

n. 衛生護墊　◀≶ *Track 0243*

註 panty是「內褲」的一種說法，而衛生護墊本來就是用來墊在內褲上的，所以難怪要叫pantyliner啦！

plas·tic cur·tain
[`plæstɪk-`kɝtn]

n. 防水浴簾　◀≶ *Track 0244*

ra·zor　[`rezɚ]

n. 刮鬍刀　◀≶ *Track 0245*

註 刮鬍刀分兩種，一種是傳統的razor，有一面刀鋒，另一端是握把，如果是除腿毛或腋毛的刀子也可以叫razor；另一種是shaver，就是電動刮鬍刀，別搞錯了唷！

san·i·tar·y tow·el
[`sænəˌtɛrɪ-taul]

n. 衛生棉　◀≶ *Track 0246*

sham·poo　[ʃæm`pu]

n. 洗髮精　◀≶ *Track 0247*

show·er cap [ˈʃaʊɚ-kæp]   n. 浴帽   Track 0248

show·er gel [ˈʃaʊɚ-dʒɛl]   n. 沐浴乳／凝膠   Track 0249

show·er noz·zle [ˈʃaʊɚ-ˈnɑzl̩]   n. 淋浴噴頭   Track 0250

soap [sop]   n. 肥皂   Track 0251

soap case [sop-kes]   n. 肥皂盒   Track 0252

tam·pon [ˈtæmpɑn]   n. 衛生棉條   Track 0253

tap fau·cet [tæp-ˈfɔsɪt] 　**n.** 水龍頭　◀≷ *Track 0254*

toi·let plung·er [ˈtɔɪlɪt-ˈplʌndʒɚ] 　**n.** 通馬桶用具　◀≷ *Track 0255*

toi·let wa·ter [ˈtɔɪlɪt-ˈwɔtɚ] 　**n.** 花露水　◀≷ *Track 0256*

註 講到toilet water可別想到馬桶裡的水了，它可是一種香水，源自於法文Eau de toilette，由於它含有驅蟲清潔的效果，所以後來就被拿來使用在廁所，變成名副其實的toilet water了。

tooth·brush [ˈtuθˌbrʌʃ] 　**n.** 牙刷　◀≷ *Track 0257*

tooth·paste [ˈtuθˌpest] 　**n.** 牙膏　◀≷ *Track 0258*

tow·el hang·er [taʊl-ˈhæŋɚ] 　**n.** 毛巾架　◀≷ *Track 0259*

tow·el ring [taʊl-rɪŋ]   **n.** 毛巾環   ◀ Track 0260

wa·ter heat·er
[ˋwɔtɚ-ˋhitɚ]   **n.** 熱水器   ◀ Track 0261

註 water heater是熱水器，那heater是什麼呢？就是「（電的）火爐」、「電熱器」啦！寒冷的冬天，買一個暖暖的heater和你作伴吧。

Note

加倍奉送！
5個私密衛浴必學句型

句型1

想要血拼亮晶晶衛浴設備，就用這個句型！

" Why not... ? "

為什麼不……？

1 Why not go to B&Q tonight and buy a 《Track 0262
new hand shower?
為何不今晚去一趟特力屋買一個新的蓮蓬頭？

2 If you really want to protect your teeth, 《Track 0263
why not try dental floss?
如果你真的想要保護你的牙齒，為什麼不試試看使用牙線？

句型2

想要對姐妹淘的衛浴發表意見，就用這個句型！

" I think + 句子 "

我認為……

1 I think you need some cleaning products 《Track 0264
here.
我想你這裡需要一些清潔用品。

2 I think we should take turns cleaning 《Track 0265
the bathroom. What do you think?
我認為我們應該輪流打掃浴室，你覺得呢？

3 I don't think this brand of shampoo will 《Track 0266
help make my hair soft and shiny.
我不認為這款洗髮精會讓我的頭髮柔軟閃亮。

4 You air freshener smells funny, I think. 《Track 0267
你的空氣清新劑聞起來有點古怪，我覺得啦。

句型3

不知道怎麼使用新玩意，用這個句型問就對了！

" **Please show me...** "

請教／告訴我……

1 **Please show me how to use a bath lily.** ◀ *Track 0268*
請教我怎麼使用沐浴球。

2 **Please show me where the bath slippers** ◀ *Track 0269*
are.
請告訴我浴室用拖鞋在哪裡。

句型4

荒郊野外的，你有帶任何清潔用品嗎？

" **Has anyone...** "

有沒有人……？

1 **What is this place? Yuch. Has anyone** ◀ *Track 0270*
brought any hand sanitizers?
這是什麼鬼地方？好噁，有人帶洗手液嗎？

2 **Has anyone seen my glasses?** ◀ *Track 0271*
有沒有人看到我的眼鏡？

句型5

想要借廁所，就用這個句型！

" **Could I...?** "

我可以……嗎？

1 **Could I use the bathroom?** ◀ *Track 0272*
我可以借用一下洗手間嗎？

2 **Could I leave for a moment?** ◀ *Track 0273*
我可以離開一下子嗎？

Chapter4

筆電、長尾夾、迴紋針：
辦公室裡的生活英單

偷聽老外怎麼說

🔊 *Track 0274*

學單字前，先聽聽看你認得對話中幾個和「辦公室用品」相關的單字！

A: Would you help me please?

B: OK, what would you like to buy?

A: I want to buy some office equipment.

B: Sure, we have inkjet printers[1], laser printers[2], card readers[3], laptops[4] and tablet computers[5].

A: Do you have external hard drives[6]?

B: Sorry, we don't. It's sold out.

A: I see. Do you have a warranty on this printer[7]?

B: Of course, it's good for three years.

A: OK, I will buy this one.

B: OK, this way please.

中譯

A: 幫我個忙，行嗎？

B: 好的，請問您要買什麼？

A: 我想買一些辦公設備。

B: 好的，我們有噴墨印表機、雷射印表機、讀卡機、筆記型電腦和平板電腦。

A: 請問有外接式硬碟嗎？

B: 不好意思，沒有了，它賣光了。

A: 我知道了，請問這台印表機有保固期限嗎？

B: 當然，它的保固期是三年。

A: 好的，我買這個了。

B: 好的，這邊請。

> 先閉上眼睛聽一次，再對照著中文翻譯聽聽看，這才是瞭解自己的實力、增進聽力的好方法喔！

單字充電站

聽出來了嗎？對話中出現這麼多辦公時會用到的3C產品耶！聽不出來？沒關係，繼續往下翻就會學到了。

1 inkjet printer	噴墨印表機
2 laser printer	雷射印表機
3 card reader	讀卡機
4 laptop	筆記型電腦
5 tablet computer	平板電腦
6 external hard drive	外接式硬碟
7 printer	印表機

加薪升官必會的辦公室單字

ad·he·sive tape
[əˋhisɪv-tep]　　　　　　　**n.** 膠帶　　　◀≦ *Track 0275*

ball·point pen
[ˋbɔlpɔɪnt-pɛn]　　　　　　**n.** 鋼珠筆　　◀≦ *Track 0276*

bind·er clip [ˋbaɪndɚ-klɪp]
n. 長尾夾

◀≦ *Track 0277*

blue·tooth earp·hone
[ˋblu͵tuθ-ˋɪr͵fon]　　　　　**n.** 藍芽耳機　◀≦ *Track 0278*

blu-ray disc [blu-re-dɪsk]　　**n.** 藍光光碟　◀≦ *Track 0279*

busi·ness card
[ˋbɪznɪs-kɑrd]　　　　　　　**n.** 名片　　　◀≦ *Track 0280*

註 中文裡常常會誤以為名片在英文就叫做name card，其實不是，對外國人來說這是商場上才會用的卡片，所以只會說它是business card。

cal·cu·la·tor [ˈkælkjəˌletə] **n.** 計算機 ◀◣ *Track 0281*

card read·er [kɑrd-ˈridə] **n.** 讀卡機 ◀◣ *Track 0282*

cell·phone [ˈsɛlfon] **n.** 手機 ◀◣ *Track 0283*

chalk [tʃɔk] **n.** 粉筆 ◀◣ *Track 0284*

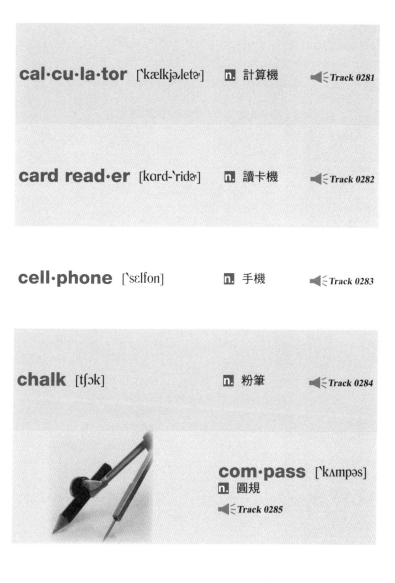

com·pass [ˈkʌmpəs]
n. 圓規
◀◣ *Track 0285*

com·put·er [kəmˈpjutə] **n.** 電腦 ◀◣ *Track 0286*

1000 Everyday Vocabulary Words **071**

cor·rec·tion tape
[kəˈrɛkʃən-tep]

n. 立可帶　　◀ Track 0287

註 correction tape對許多台灣學生或上班族來說是不可或缺的物品，但在美國可不是哩。美國人習慣用鉛筆寫字，如果用原子筆寫錯字了，也都是直接劃掉。這樣的做法似乎比較符合環保觀念？

cray·on [ˈkreən]
n. 蠟筆

◀ Track 0288

dic·tion·a·ry [ˈdɪkʃənˌɛrɪ]　　**n.** 字典　　◀ Track 0289

di·gi·tal cam·er·a
[ˈdɪdʒɪtḷ-ˈkæmərə]

n. 數位相機　◀ Track 0290

註 「digital」指的就是「數位的」，所以如果想要「不是數位的」相機，就說camera就好啦！不過，現在這種相機越來越難買到了，所以說「camera」時，店家還是多半都會拿一些數位相機給你看。

drawer [ˈdrɔ⋅]　　**n.** 抽屜　　◀ Track 0291

DVD disc [ˈdiˈviˈdi-dɪsk]　　**n.** DVD光碟　◀ Track 0292

DVD play·er [ˋdiˋviˋdi-ˋpleɚ]　**n.** DVD播放機　◀≲*Track 0293*

ear·phone [ˋɪrˏfon]　**n.** 耳機　◀≲*Track 0294*

🎓 除了earphone以外，headphone也是耳機的意思。不過headphone常指戴在頭上那種全罩式的耳機，而不是插在耳朵裡的那種。

e·ras·er [ɪˋresɚ]　**n.** 橡皮擦　◀≲*Track 0295*

event da·ta re·cord·er
[ɪˋvɛnt-ˋdetɚ-rɪˋkɔrdɚ]　**n.** 行車紀錄器　◀≲*Track 0296*

ex·ter·nal hard drive
[ɪkˋstɝnl-hɑrd-draɪv]　**n.** 外接式硬碟　◀≲*Track 0297*

fax [fæks]
n. 傳真機

◀≲*Track 0298*

foun·tain pen [ˈfauntn̩-pən] **n.** 鋼筆　　◀≋ *Track 0299*

glob·al po·si·tion·ing sys·tem **n.** 衛星導航　◀≋ *Track 0300*
[ˈglobl̩-pəˈzɪʃənɪn-ˈsɪstəm]

📘 這個單詞是不是長得要命呢？沒關係，看看三個單字開頭的那個字
母，有沒有發現什麼呢？沒錯，這其實就是我們常說的GPS啦。

glue [glu]　　　　　　　　　**n.** 膠水　　◀≋ *Track 0301*

glue stick [glu-stɪk]　　　**n.** 口紅膠　　◀≋ *Track 0302*

📘 口紅膠是不是都是「一根」的，轉一轉就會有頭冒出來呢？正是因為
它是「一根」這種形狀，才會叫做「stick」。

hard drive [hɑrd-drɑɪv]　　**n.** 硬碟　　◀≋ *Track 0303*

high·light·er [ˈhɑɪˌlɑɪtə]　　**n.** 螢光筆　　◀≋ *Track 0304*

hole punch·er [hol-`pʌntʃɚ] **n.** 打洞機　◀＝*Track 0305*

ink car·tridge
[ɪŋk-`kɑrtrɪdʒ]　**n.** 墨水匣　◀＝*Track 0306*

ink·jet print·er
[`ɪnk˙jɛt-`prɪntɚ]　**n.** 噴墨印表機　◀＝*Track 0307*

key·board [`ki˙bord]
n. 鍵盤
◀＝*Track 0308*

lap·top [`læptɑp]
n. 筆記型電腦　◀＝*Track 0309*

註 為什麼筆電又叫laptop，又叫noetbook
呢？原本筆電就是叫laptop的，因為設計
原意就是一台「放在膝上的電腦」，而
notebook只是一家曾經生產laptop的公司，
只是後來被人誤用了，就變現在兩種都通
用的叫法啦。

las·er point·er
[`lezɚ-`pɔɪntɚ]　**n.** 光筆　◀＝*Track 0310*

las·er print·er
[ˈlezɚ-ˈprɪntɚ]

n. 雷射印表機 ◀≨ *Track 0311*

liq·uid cry·stal dis·play (LCD) TV
[ˈlɪkwɪd-ˈkrɪstl̩-dɪsˈple-ˈtiˈvi]

n. 液晶電視 ◀≨ *Track 0312*

mem·o·ry card
[ˈmɛmərɪ-ˌkɑrd]

n. 記憶卡 ◀≨ *Track 0313*

mo·bile bat·ter·y
[ˈmobɪl-ˈbætərɪ]

n. 手機電池 ◀≨ *Track 0314*

mo·bile charg·er
[ˈmobɪl-ˈtʃɑrdʒɚ]

n. 手機充電器 ◀≨ *Track 0315*

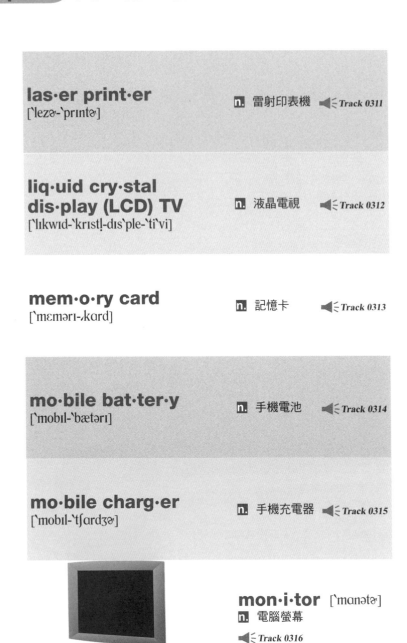

mon·i·tor [ˈmɑnətɚ]
n. 電腦螢幕

◀≨ *Track 0316*

mouse [maʊs]
n. 滑鼠

🔊 *Track 0317*

note·book [`notˌbʊk]　　　**n.** 記事本　　🔊 *Track 0318*

op·ti·cal mouse
[`ɑptɪkḷ-maʊs]　　　**n.** 光學滑鼠　　🔊 *Track 0319*

pack·ing box [`pækɪŋ-bɑks] **n.** 紙箱　　🔊 *Track 0320*

pack·ing tape [`pækɪŋ-tep] **n.** 封箱膠帶　🔊 *Track 0321*

pa·per clip [`pepɚ-klɪp]
n. 迴紋針　🔊 *Track 0322*

📋 paper clip小雖小，而且看似沒太多用途，但加拿大有一名叫做MacDonald的男子，就靠著一根紅色的迴紋針，一步一步在網路上與人以物易物，最後在一年內換到了一棟房子！甚至有相關書籍介紹這個故事呢。

1000 Everyday Vocabulary Words

pen [pɛn]

n. 原子筆　◀ Track 0323

pen·cil [ˋpɛns!]

n. 鉛筆　◀ Track 0324

註 國外有一種人叫做pencil pusher，字面意思是「推鉛筆的人」，就是指在辦公室以書寫為工作的人，像抄寫員、辦事員、公務員都屬於pencil pusher。你也是pencil pusher嗎？

pen hold·er [pɛn-ˋholdɚ]
n. 筆筒

◀ Track 0325

pen·cil sharp·en·er
[ˋpɛns!-ˋʃarpnɚ]
n. 轉筆刀　◀ Track 0326

per·ma·nent mark·er
[ˋpɝmənənt-ˋmarkɚ]

n. 油性筆　◀ Track 0327

plas·ma dis·play pan·el (PDP) TV
[ˋplæzmə-dɪˋsple-ˋpæn!-ˋtiˋvi]

n. 電漿電視　◀ Track 0328

prin·ter ['prɪntɚ]
n. 印表機

◀≶ *Track 0329*

pro·pel·ling pen·cil
[prə'pɛlɪŋ-'pɛnsl̩]
n. 自動鉛筆 ◀≶ *Track 0330*

rol·ler ball pen
['rolɚ-bɔl-pən]
n. 水性筆 ◀≶ *Track 0331*

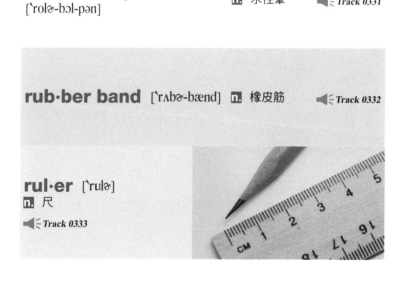

rub·ber band ['rʌbɚ-bænd] **n.** 橡皮筋 ◀≶ *Track 0332*

rul·er ['rulɚ]
n. 尺

◀≶ *Track 0333*

scis·sors ['sɪzɚz] **n.** 剪刀 ◀≶ *Track 0334*

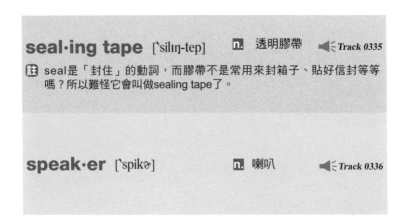

seal·ing tape [`silɪŋ-tep] 　 **n.** 透明膠帶 　🔊 *Track 0335*

📝 seal是「封住」的動詞，而膠帶不是常用來封箱子、貼好信封等等嗎？所以難怪它會叫做sealing tape了。

speak·er [`spikɚ] 　 **n.** 喇叭 　🔊 *Track 0336*

sta·pler [`steplɚ] 　 **n.** 釘書機 　🔊 *Track 0337*

stick·y la·bel [`stɪkɪ-`lebḷ]
n. 標籤貼
🔊 *Track 0338*

stor·age box [`storɪdʒ-bɑks] **n.** 儲物盒 　🔊 *Track 0339*

stor·age rack
[`storɪdʒ-ræk] 　 **n.** 儲物架 　🔊 *Track 0340*

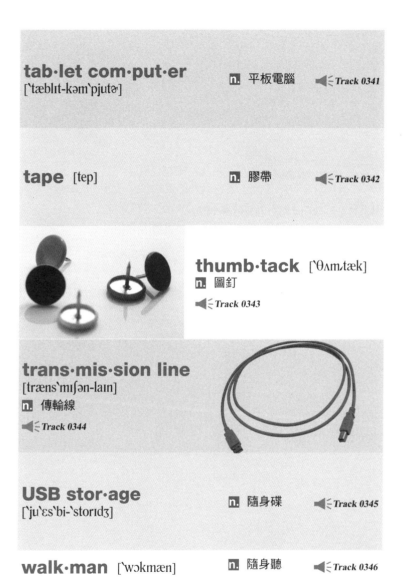

tab·let com·put·er
[ˋtæblɪt-kəmˋpjutɚ]

n. 平板電腦　◄∈ *Track 0341*

tape [tep]

n. 膠帶　◄∈ *Track 0342*

thumb·tack [ˋθʌmˌtæk]
n. 圖釘
◄∈ *Track 0343*

trans·mis·sion line
[trænsˋmɪʃən-laɪn]
n. 傳輸線
◄∈ *Track 0344*

USB stor·age
[ˋjuˋɛsˋbi-ˋstorɪdʒ]

n. 隨身碟　◄∈ *Track 0345*

walk·man [ˋwɔkmæn]

n. 隨身聽　◄∈ *Track 0346*

註 walkman是1979年代由日本企業Sony發行，專門設計讓人可以邊走邊聽音樂的一種產品。當初這個名字可是被英美人士認為不倫不類，但沒想到消費者卻對這個名字印象深刻，也讓walkman這個字後來變成專用字彙。

web·cam [wɛbkæm]

n. 網路攝影機　◀ᔤ *Track 0347*

註 webcam其實就是web camera（直譯就是「網路上的相機」）的簡單說法。除了用來和其他人隔空面對面聊天外，現在也很多人用webcam來當作自拍的工具。

white board mark·er
[hwaɪt-bord-`markɚ]

n. 白板筆
（寫白板的筆）　◀ᔤ *Track 0348*

white-out [hwaɪt-aʊt]

n. 立可白　◀ᔤ *Track 0349*

Note

加倍奉送！
5個辦公室必學句型

句型1

想請同事幫忙，就用這個句型！

" Would you... ? "

你可以……嗎？

1 Would you please take a look at my computer? ◀< *Track 0350*
你可以幫我看一下我的電腦嗎？

2 Would you mind using earphones instead of playing the music out loud? ◀< *Track 0351*
你可以用耳機，不要把音樂大聲放出來嗎？

句型2

想要請假？想要加薪？你想要的，就用這個句型表達！

" I want to + N / to V "

我想要……（某個東西或做某件事。）

1 I want to buy a new event data recorder. ◀< *Track 0352*
我想要買一個新的行車紀錄器。

2 I want to have somebody look over my memory card. ◀< *Track 0353*
我想要請人幫忙看看我的記憶卡。

3 I want a new laptop for my birthday. ◀< *Track 0354*
我生日想要一台新筆電。

4 I want to look at some of your new products. ◀< *Track 0355*
我想看看你們的一些新產品。

句型3

想和同事借東西，就用這個句型！

" Do you have + N? "

你有……（某樣物品）嗎？

1 **Do you have binder clips? I need some.** ◀ *Track 0356*
你有長尾夾嗎？我需要一些。

2 **This one is not working! Do you have** ◀ *Track 0357*
an extra white-out?
這個不能用！你有多一個立可白嗎？

句型4

想抱怨你的椅子太難坐、電腦太爛……就用這個句型！

" (It) is too + Adj. "

這太……了。

1 **The speakers are too large to fit in my desk.** ◀ *Track 0358*
這組喇叭太大了，放不進我的辦公桌。

2 **Your cell phone is too outdated! Please** ◀ *Track 0359*
change a new one.
你的手機也太舊了！請換一支新的。

句型5

想跟老闆承諾你會好好工作、會把文件都帶齊……就用這個句型！

" I will... "

我會……

1 **My laptop is dead. But don't worry, I** ◀ *Track 0360*
will buy a new one soon.
我的筆記型電腦壞了。不過別擔心，我會盡快買一台新的。

2 **I will bring a mobile charger, so you can** ◀ *Track 0361*
call me anytime.
我會帶手機充電器，所以你可以隨時打給我。

Chapter5

冬粉、蛋炒飯、地瓜粥：
懷舊中餐廳裡的生活英單

偷聽老外怎麼說 ◀ *Track 0362*

學單字前，先聽聽看你認得對話中幾個和「中式美食」相關的單字！

A: Ladies and gentlemen, are you ready for the dessert?

B: Yes. What kinds of desserts do you have?

A: We have pastries[1], such as red bean paste cakes[2], pineapple cakes[3], yolk pastries[4], and green bean pastries[5].

B: I would like some moon cakes[6]. Do you have some?

A: Sorry, we don't offer those at the moment.

B: I see.

A: How about some ice cream? We also have popcorn, cotton candy, egg tarts, and ice cream for children.

B: Okay, we'll like some cotton candy and ice cream.

中譯

A: 女士們先生們，你們現在要吃些飯後甜點嗎？

B: 好的，你們都有什麼甜點呢？

A: 我們有酥皮類點心、豆沙糕、鳳梨酥、蛋黃酥和綠豆椪。

B: 我想吃月餅，請問有嗎？

A: 不好意思，我們現在沒有提供。

B: 我瞭解了。

A: 那來些冰淇淋怎麼樣？我們還為小朋友們準備了爆米花、棉花糖、蛋塔、和冰淇淋。

B: 好的，我們要一些棉花糖和冰淇淋。

先閉上眼睛聽一次，再對照著中文翻譯聽聽看，這才是瞭解自己的實力、增進聽力的好方法喔！

單字充電站

聽出來了嗎？對話中出現這麼多古早味點心耶！聽不出來？沒關係，繼續往下翻就會學到了。

➊ **pastry**	酥皮點心
➋ **red bean paste cake**	豆沙糕
➌ **pineapple cake**	鳳梨酥
➍ **yolk pastry**	蛋黃酥
➎ **green bean pastry**	綠豆椪
➏ **moon cake**	月餅

老饕食客必會的中餐廳單字

ab·a·lo·ne [͵æbə`lonɪ]　　　n. 鮑魚　　　◀≶ *Track 0363*

al·mond milk
[`amənd-mɪlk]　　　n. 杏仁茶　　　◀≶ *Track 0364*

an·cho·vy lar·va
[`æntʃəvɪ-`larvə]　　　n. 吻仔魚　　　◀≶ *Track 0365*

bam·boo shoot
[bæm`bu-ʃut]　　　n. 竹筍　　　◀≶ *Track 0366*

註 竹子的英文是bamboo，而shoot則有「射」的意思。而竹筍不就是小
　 小棵、從地上「射」出來（就是很快地冒出來啦）的小竹子嗎？

bar·be·que sauce
[`barbɪkju-sɔs]　　　n. 沙茶醬　　　◀≶ *Track 0367*

bass [bæs]　　　n. 鱸魚　　　◀≶ *Track 0368*

beef noo·dle [bif-'nud̥l̩]
n. 牛肉麵
◀< *Track 0369*

beef shank [bif-ʃæŋk]　　**n.** 牛腱　　◀< *Track 0370*

bit·ter mel·on ['bɪtɚ-'mɛlən]　　**n.** 苦瓜　　◀< *Track 0371*

Borsch soup [bʌrʃ-sup]
n. 羅宋湯　◀< *Track 0372*
註 原本源自於東歐、中歐的羅宋湯不是叫做羅宋湯，而是Russia soup（蘇俄湯），但傳到中國後中國人順口的叫成Ro-So，就變成後來的「羅宋湯」啦。而borsh指的是羅宋湯裡的主要食材─甜菜。

braised pork o·ver rice [brezd-pɔrk-'ovɚ-raɪs]　　**n.** 滷肉飯　　◀< *Track 0373*

broad bean [brɔd-bin]　　**n.** 蠶豆　　◀< *Track 0374*

bur·dock ['bɝdɑk]　　**n.** 牛蒡　　◀< *Track 0375*
註 burdock這個字，也有人會拼做burdoch 喔！只是這個用法沒有那麼常見而已。

chick·en noo·dles
[ˋtʃɪkɪn-ˋnudl̩s]

n. 雞肉麵　　🔊 *Track 0376*

chick·en wing
[ˋtʃɪkɪn-wɪŋ]

n. 雞翅　　🔊 *Track 0377*

chil·li sauce [ˋtʃɪlɪ-sɔs]

n. 辣椒醬　　🔊 *Track 0378*

clay ov·en roll
[kle-ˋʌvən-rol]
n. 燒餅

🔊 *Track 0379*

co·ri·an·der [korɪˋændɚ]

n. 香菜　　🔊 *Track 0380*

cow·hell [ˋkaʊˌhɛl]

n. 牛筋　　🔊 *Track 0381*

dai·kon [ˋdaɪkən]

n. 白蘿蔔　🔊 *Track 0382*

📖 daikon（日語就叫做大根）、mooli、white radish都可以用來指白蘿蔔。daikon盛產於東亞，是一種西方原本沒有的食材，所以西方人接觸到daikon時被它在各國的名字搞的頭昏眼花，也因此白蘿蔔有了各式各樣的英文名稱嘍。

date [det] **n.** 棗子 ◀≷ *Track 0383*

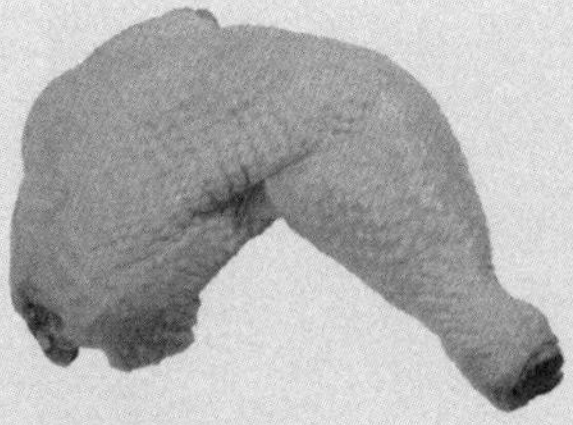

drum·stick
[`drʌmˌstɪk]
n. 雞腿 ◀≷ *Track 0384*

dry noo·dles [draɪ-`nudļs] **n.** 乾麵 ◀≷ *Track 0385*

duck [dʌk] **n.** 鴨肉 ◀≷ *Track 0386*

duck leg [dʌk-lɛg] **n.** 鴨腿 ◀≷ *Track 0387*

duck neck [dʌk-nɛk] **n.** 鴨脖子 ◀≷ *Track 0388*

duck sauce [dʌk-sɔs] **n.** 甜麵醬 ◀≷ *Track 0389*

dump·ling [ˋdʌmplɪŋ]　**n.** 水餃　◀ Track 0390

注 dumpling原本是指餃子、鍋貼等用麵皮包肉的食物，不過現在有一種新的用法，就是指被東方女生甩掉的白人男生，因為dump是「拋棄、甩掉」的意思，外國人就借用一下這個dumpling來調侃囉！

eight-trea·sure por·ridge　**n.** 八寶粥　◀ Track 0391
[et-ˋtrɛʒɚ-ˋporɪdʒ]

注 如果對外國人說到eight-treasure porridge，他們很可能會問你：那是什麼？這不代表你的英文不好，純粹只是因為他們沒有八寶粥這種東西啦！如果被問到的話，你當然可以詳細解釋裡面有哪些成分，不過更快的方法就是直接拿給對方吃啦。

flat noo·dles [flæt-ˋnudl̩s]　**n.** 粄條　◀ Track 0392

fried dump·ling
[fraɪd-ˋdʌmplɪŋ]
n. 煎餃　◀ Track 0393

fried rice with egg　**n.** 蛋炒飯　◀ Track 0394
[fraɪd-raɪs-wɪð-ɛg]

fried white rad·ish pat·ty
[fraɪd-hwaɪt-ˋrædɪʃ-ˋpætɪ]
n. 蘿蔔糕　◀ Track 0395

glu·ti·nous oil rice　**n.** 油飯　◀ Track 0396
[ˋglutɪnəs-ɔɪl-raɪs]

glu·ti·nous rice
['glutɪnəs-raɪs]

n. 糯米　　◀€ *Track 0397*

green bean noo·dles
[grin-bin-'nudl̩s]

n. 冬粉　　◀€ *Track 0398*

green bean pas·try
[grin-bin-'pestrɪ]

n. 綠豆椪　　◀€ *Track 0399*

hock ['hɑk]

n. 蹄膀　　◀€ *Track 0400*

jas·mine tea
['dʒæsmɪn-ti]
n. 茉莉花茶　◀€ *Track 0401*

lard [lɑrd]

n. 豬油　　◀€ *Track 0402*

lo·tus root ['lotəs-rut]

n. 蓮藕　　◀€ *Track 0403*

註 lotus是「蓮」的意思，而root則是「根」，所以蓮藕既然是蓮花的根，就會叫做lotus root了。許多外國人很可能也沒聽過蓮藕這種東西，會問你：什麼？這能吃喔？

moon cake [mun-kek]　　n. 月餅　　◀€ Track 0404

mus·sel [ˈmʌsl]　　n. 淡菜／孔雀蛤　◀€ Track 0405

oo·long tea [ˈulɔŋ-ti]　　n. 烏龍茶　　◀€ Track 0406

註 中餐廳裡許多食物及食材都是原本西方沒有的，於是外國人遇到這些東西時，要不就照意思翻成英文，像moon cake（月餅），要不就照作法翻譯，像smoked duck（鴨賞），再來就是直接音譯，oolong tea就是最好的例子。

ox-tongue [ɑks-tʌŋ]　　n. 牛舌　　◀€ Track 0407

oys·ter sauce [ˈɔɪstɚ-sɔs]　　n. 蠔油　　◀€ Track 0408

pas·try [ˈpestrɪ]　　n. 酥皮點心　　◀€ Track 0409

註 注意這個字的音標！很多人光看它的形狀，會以自然發音把它唸成[ˈpæstrɪ]，但它的發音並不是這樣喔！

pig bag [pɪg-bæg]　　n. 豬肚　　◀€ Track 0410

pig liv·er [pɪg-ˈlɪvə]   **n.** 豬肝   ◀≷ *Track 0411*

pine·ap·ple cake
[ˈpaɪnˌæpl̩-kek]   **n.** 鳳梨酥   ◀≷ *Track 0412*

plain rice [plen-raɪs]   **n.** 白米飯   ◀≷ *Track 0413*

pre·served meat   **n.** 臘肉   ◀≷ *Track 0414*
[prɪˈzɝvd-mit]

註 preserved是「保存好的」的意思。所以不難想像，醃過後就可以保存很久的臘肉，就叫preserved meat了。

prune [prun]   **n.** 蜜餞   ◀≷ *Track 0415*

red bean paste cake   **n.** 豆沙糕   ◀≷ *Track 0416*
[rɛd-bin-pest-kek]

rice [raɪs]
n. 米、飯總稱
◀≷ *Track 0417*

1000 Everyday Vocabulary Words   **097**

rice noo·dles [raɪs-ˋnudl̩s] **n.** 米粉 🔊 *Track 0418*

rice por·ridge **n.** 稀飯 🔊 *Track 0419*
[raɪs-ˋpɔrɪdʒ]

🈂 porridge（糊、粥）這個看似只跟吃飯有關的字，卻有個讓人難以聯想的片語do one's porridge，照字面看是「做某個人的粥」，實際上的意思則是「坐牢、服刑」。也就是說，這是個委婉表示的片語啦。

rice tube pud·ding
[raɪs-tjub-ˋpʊdɪŋ]
n. 筒仔米糕 🔊 *Track 0420*

rice and pea·nut milk **n.** 米漿 🔊 *Track 0421*
[raɪs-ænd-ˋpinʌt-mɪlk]

roll [rol] **n.** 牛腸 🔊 *Track 0422*

ses·a·me paste noo·dles **n.** 麻醬麵 🔊 *Track 0423*
[ˋsɛsəmɪ-pest-ˋnudl̩s]

🈂 麻醬麵和炸醬麵的差別在於麻醬麵是加芝麻，看起來咖啡色、聞起來有芝麻香。而炸醬麵（jajangmyeon）加的是黑色的甜麵醬，吃起來比較鹹。

sliced noo·dles **n.** 刀削麵 🔊 *Track 0424*
[slaɪst-ˋnudl̩s]

smoked duck
[smokt-dʌk]

n. 鴨賞　　◀═ *Track 0425*

---

soy·milk　['sɔɪmɪlk]

n. 豆漿　　◀═ *Track 0426*

註 國外大部分是沒有「豆漿」這個概念的，如果在超級市場看到一瓶soy milk，有可能會是豆漿，也有可能是豆奶，還有可能是介於兩者之間的東西，所以每次我買的時候都覺得好像在玩恐怖箱，永遠不知道裡面會有什麼。

---

spring roll　[sprɪŋ-'rol]

n. 春捲　　◀═ *Track 0427*

---

star an·ise　[stɑr-'ænɪs]
n. 八角

◀═ *Track 0428*

steamed buns
[stimd-bʌnz]

n. 小籠包　◀═ *Track 0429*

steamed roll
[stimd-rol]
n. 饅頭

◀═ *Track 0430*

streak·y pork
['strikɪ-pork]

n. 五花肉　　◀═ *Track 0431*

註 五花肉不是上面都有一條一條的花紋嗎？沒錯，streaky是「有斑紋的」的意思，所以有一條一條花紋的五花肉，就叫做streaky pork了。

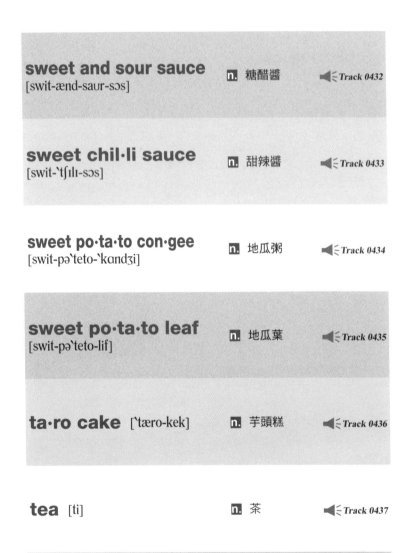

sweet and sour sauce
[swit-ænd-saur-sɔs]

n. 糖醋醬　　◀≲ Track 0432

sweet chil·li sauce
[swit-ˋtʃɪlɪ-sɔs]

n. 甜辣醬　　◀≲ Track 0433

sweet po·ta·to con·gee
[swit-pəˋteto-ˋkɑndʒi]

n. 地瓜粥　　◀≲ Track 0434

sweet po·ta·to leaf
[swit-pəˋteto-lif]

n. 地瓜葉　　◀≲ Track 0435

ta·ro cake [ˋtæro-kek]

n. 芋頭糕　　◀≲ Track 0436

tea [ti]

n. 茶　　◀≲ Track 0437

ti·la·pi·a [təˋlæpiə]

n. 吳郭魚　　◀≲ Track 0438

註 tilapia有個很有台灣味的中文名字（因為當年是由吳振輝及郭啟彰兩位先生所引進），但其實牠是源自於非洲，所以牠也有個很非洲味的英文名tilapia。

un·pol·ished rice
[ʌn`polɪʃɪt-raɪs]

n. 糙米

◀≤ *Track 0439*

wa·ter spin·ach
[`wɔtɚ-`spɪnɪtʃ]

n. 空心菜

◀≤ *Track 0440*

won·ton noo·dles
[`wʌntən-`nudls]

n. 餛飩麵

◀≤ *Track 0441*

yolk pas·try [jok-`pestrɪ]

n. 蛋黃酥

◀≤ *Track 0442*

註 蛋黃的英文叫做yolk，所以難怪蛋黃酥會叫做yolk pastry了。那大家一定想問：那蛋白呢？哇，蛋白的英文就叫egg white，跟中文沒兩樣，夠白話吧。

加倍奉送！
5個懷舊中餐廳必學句型

句型1

想吃水餃？蛋炒飯？麻醬麵？比較喜歡什麼，就用這個句型表達！

"I prefer… (to…)"
我喜歡……（勝過喜歡……）

1 I prefer rice to noodles. What about you? ◀€ *Track 0443*
比起麵條，我比較喜歡吃飯。你呢？

2 Unlike Westerners, most Chinese prefer ◀€ *Track 0444*
having soup during a meal.
不像西方人，大部分中國人喜歡邊吃飯邊喝湯。

句型2

想邀客人嚐嚐一桌的好菜，就用這個句型！

"Do you care for/to…?"
你要不要……呢？

1 Do you care for some fresh bamboo ◀€ *Track 0445*
shoots with mayonnaise?
你要不要嚐嚐看新鮮竹筍搭配美乃滋？

2 Do you care to have a cup of jasmine tea? ◀€ *Track 0446*
你要不要來一點茉莉花茶呢？

3 Do you care for some homemade sweet ◀€ *Track 0447*
and sour sauce?
你要不要沾沾看自製的糖醋醬？

4 Do you care to have some egg yolk ◀€ *Track 0448*
pastry after dinner?
吃過晚飯後要不要來一點蛋黃酥？

句型3

咦？那個黑麻麻的東西是什麼？詢問不知名的菜色，就用這個句型！

" I have no idea... "

我不知道……

1 I have no idea what the black thing is. ◀ᚷ *Track 0449*
The waiter said it was "ox tongue".
我不知道那個黑麻麻的東西是什麼。服務生說那是「牛舌」。

2 I have no idea how you can swallow ◀ᚷ *Track 0450*
that streaky pork.
我不懂你怎麼能嚥下那個五花肉。

句型4

想教別人你的獨門吃法，就用這個句型！

" you may... "

你可以……

1 You may dip the chicken wing in the ◀ᚷ *Track 0451*
chili sauce.
你可以把雞翅泡在辣椒醬裡。

2 You may try again if you wish. ◀ᚷ *Track 0452*
如果你想要，可以再試一次。

句型5

想要大膽猜測，就用這個句型！

" sth. / sb. must be... "

某事或某人一定……

1 Abalone served in this restaurant must be ◀ᚷ *Track 0453*
very expensive. We had better eat more!
這間餐廳供應的鮑魚一定很貴。我們最好多吃點！

2 They must be laughing so hard right now. ◀ᚷ *Track 0454*
他們現在一定笑到不行。

Chapter6

羅勒、鵝肝、法國麵包：
氣質西餐廳裡的生活英單

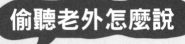

偷聽老外怎麼說

◀€Track 0455

學單字前，先聽聽看你認得對話中幾個和「西式美食」相關的單字！

A: May I help you?

B: Can you get me a menu?

A: Sure, here you are. We have salads[1], sandwiches[2], hot dogs, hamburgers[3], pizzas[4] and fried chicken[5].

B: I want to have a salad and some sandwiches. What kinds do you offer?

A: For salads, we have garden salads, potato salads, and Caesar salads[6]. As for sandwiches, we have ham-and-egg sandwiches[7], roast chicken sandwiches and tuna sandwiches.

B: Do you have coleslaw?

A: Yes, we do. Also, how about some onion rings[8]?

B: No, thanks. I'd like a potato salad and a ham-and-egg sandwich.

中譯

A: 有什麼需要幫忙的嗎？

B: 能給我份菜單嗎？

A: 好的，給您。我們店裡有沙拉、三明治、熱狗、漢堡、比薩和炸雞。

B: 我想要沙拉和三明治。你們提供哪些種類呢？

A: 我們有田園沙拉、馬鈴薯沙拉和凱撒沙拉。三明治有火腿蛋三明治、雞肉三明治以及鮪魚三明治。

B: 有涼拌生菜絲嗎？

A: 嗯，我們有。來點洋蔥圈？

B: 不用，謝謝。我要一份馬鈴薯沙拉和火腿蛋三明治。

先閉上眼睛聽一次，再對照著中文翻譯聽聽看，這才是瞭解自己的實力、增進聽力的好方法喔！

單字充電站

聽出來了嗎？對話中出現這麼多輕食料理耶！聽不出來？沒關係，繼續往下翻就會學到了。

1	**salad**	沙拉
2	**sandwich**	三明治
3	**hamburger**	漢堡
4	**pizza**	披薩
5	**fried chicken**	炸雞
6	**Caesar salad**	凱撒沙拉
7	**ham-and-egg sandwich**	火腿蛋三明治
8	**onion ring**	洋蔥圈

盛宴茶會必會的西餐廳單字

ap·ple pie
[ˈæpl̩-paɪ]
n. 蘋果派
◀꞉ *Track 0456*

as·par·a·gus [əˈspærəgəs]
n. 蘆筍
◀꞉ *Track 0457*

ba·con [ˈbekən]
n. 培根
◀꞉ *Track 0458*

ba·guette [bæˈgɛt]
n. 法國麵包　◀꞉ *Track 0459*

baked po·ta·to
[bekt-pəˈteto]
n. 焗烤馬鈴薯　◀꞉ *Track 0460*

bas·il [ˈbæzɪl]
n. 九層塔、
羅勒　◀꞉ *Track 0461*

beef·steak [ˋbifˏstek]
n. 牛排
🔊 *Track 0462*

bis·cuit(s) [ˋbɪskɪts]　　**n.** 甜點　　🔊 *Track 0463*

black cof·fee
[blæk-ˋkɔfɪ]　　**n.** 黑咖啡　　🔊 *Track 0464*

black tea [blæk-ti]
n. 紅茶
🔊 *Track 0465*

brunch [brʌntʃ]　　**n.** 美式早午餐　🔊 *Track 0466*
📘 brunch是一種結合breakfast（早餐）和lunch（午餐）兩個字彙的單字，通常是週末起太晚時吃的一餐，時間大約在十點～十一點。

Cae·sar sal·ad
[ˋsizɚ-ˋsæləd]　　**n.** 凱撒沙拉　　🔊 *Track 0467*

cav·i·ar [ˏkævɪˋɑr]
n. 魚子醬
🔊 *Track 0468*

cheese·burg·er
[ˈtʃizˌbɝˋgɚ]

n. 起司漢堡　◀≋ *Track 0469*

chick·en nug·get
[ˈtʃɪkɪn-ˋnʌgɪt]

n. 雞塊　◀≋ *Track 0470*

田 nugget指的是一塊一塊的金塊或金屬塊，而雞塊的形狀也是一塊一塊的，所以就叫chicken nugget了。很多小朋友還沒學到「金塊」的單字，就先學了「雞塊」的單字，所以還會反過來以為nugget都是可以吃的呢！

chow·der [ˈtʃaudɚ]

n. 海鮮雜燴濃湯　◀≋ *Track 0471*

chuck rib steak
[tʃʌk-rɪb-stek]

n. 里肌牛小排　◀≋ *Track 0472*

cin·na·mon [ˈsɪnəmən]

n. 肉桂　◀≋ *Track 0473*

cock·tail [ˈkɑkˌtel]

n. 雞尾酒　◀≋ *Track 0474*

田 cocktail這個詞直譯就是「公雞的尾巴」，這種酒名由來眾說紛紜，目前最可信的說法是：1776年紐約一家用雞毛裝飾的酒吧，在陰錯陽差下調出了一種混合砂糖、苦酒、水等的新酒，此後就成了風靡幾世紀的雞尾酒。

cod [kɑd]

n. 鱈魚　◀≋ *Track 0475*

cod fish burg·er
[kɑd-fɪʃ-ˋbɝgɚ]
n. 鱈魚堡

◀€ *Track 0476*

Coke [kok]　　　**n.** 可口可樂　◀€ *Track 0477*

corn soup [kɔrn-sup]　　**n.** 玉米濃湯　◀€ *Track 0478*

cream cake [krim-kek]　　**n.** 鮮奶油蛋糕　◀€ *Track 0479*

cream soup [krim-sup]　　**n.** 奶油濃湯　◀€ *Track 0480*

註 一聽到「奶油」，大家直覺應該是想到butter吧？但實際上在奶油濃湯裡加的是鮮奶油cream。在跟外國人提到奶油濃湯時要小心別說成butter soup了，他們可是會覺得很噁心呢！

cream·y mush·room soup
[ˋkrimɪ-ˋmʌʃrum-sup]
n. 奶油蘑菇濃湯

◀€ *Track 0481*

cream·y sea·food soup
[ˋkrimɪ-ˋsiˏfud-sup]
n. 奶油海鮮巧達湯　◀€ *Track 0482*

crois·sant [krwɑˋsɑn]
n. 牛角麵包
Track 0483

cur·ry [ˋkɝɪ]　　　　n. 咖哩　　Track 0484

de·caf [ˋdikæf]　　　　n. 無咖啡因　Track 0485
咖啡

🈯 decaf完整的寫法是decaffeinated，這麼長誰記得啊！所以就記得簡單的decaf就好啦。

egg tart [ɛg-tɑrt]　　　n. 蛋塔　　Track 0486

es·pres·so [ɛsˋprɛso]　　n. 濃縮咖啡　Track 0487

french fries
[frɛntʃ-fraɪs]
n. 薯條
Track 0488

French toast [frɛntʃ-tost]　n. 法式吐司　Track 0489

fried calf ribs
[fraɪd-kæf-rɪbs]

n. 炸牛小排　◀≡ *Track 0490*

計 calf是「小牛」的意思，同時還有「小腿」的意思。那fried calf ribs吃到的到底是牛、是小腿、還是牛的小腿啊？不不，別搞混了，就是牛小排啦，和小腿沒有關係。

fried chick·en
[fraɪd-ˋtʃɪkɪn]

n. 炸雞　◀≡ *Track 0491*

gar·den sal·ad
[ˋgɑrdn̩-ˋsæləd]

n. 田園沙拉　◀≡ *Track 0492*

Ger·man pork knuck·les
[ˋdʒɝmən-pork-ˋnʌkl̩s]

n. 德國豬腳　◀≡ *Track 0493*

Ger·man sau·sage
[ˋdʒɝmən-ˋsɔsɪdʒ]

n. 德國香腸　◀≡ *Track 0494*

goose liv·er [gus-ˋlɪvɚ]
n. 鵝肝

◀≡ *Track 0495*

grilled mut·ton chop
[grɪld-ˋmʌtn̩-tʃɑp]

n. 鐵板羊排　◀≡ *Track 0496*

ham [hæm]　　　n. 火腿　　　◄€ Track 0497

🈺 和ham相關的片語不少，舉例來說，ham it up指的是以誇張的表情、動作使人發笑，而go ham則是發狂的意思。例如若朋友都不還你錢，你就可以說：我可要go ham了喔！

ham-and-egg sand·wich [hæm-ænd-ɛg-ˈsændwɪtʃ]　　　n. 火腿蛋三明治　　　◄€ Track 0498

ham·burg·er [ˈhæmbɝɡɚ]　　　n. 漢堡　　　◄€ Track 0499

hash browns [hæʃ-braʊns]　　　n. 薯餅　　　◄€ Track 0500

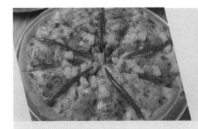

Ha·wai·ian piz·za [həˈwaɪjən-ˈpitsə]
n. 夏威夷披薩

◄€ Track 0501

hon·ey [ˈhʌnɪ]　　　n. 蜂蜜　　　◄€ Track 0502

🈺 honey這種甜蜜蜜、營養價值又高的好東西，常和milk（牛奶）一起被認為是富足的象徵，像是milk and honey，指的是生活的富饒；而 a land of milk and honey，就是指富饒的魚米之鄉。

hon·ey mus·tard [ˈhʌnɪ-ˈmʌstɚd]　　　n. 蜂蜜芥末醬　◄€ Track 0503

jam [dʒæm]
n. 果醬

🔈 *Track 0504*

juice [dʒus]　　　　　**n.** 果汁　　🔈 *Track 0505*

ketch·up [`kɛtʃəp]　　　**n.** 番茄醬　🔈 *Track 0506*

📘 ketchup怎麼聽都跟番茄醬沒有關係，那這個字是怎麼來的？其實番茄醬是源自於中國的哦！因為以前的中國人用茄汁（Ke-tsiap）醃肉，在外國人耳中聽起來就像ketchup，後來就用ketchup這個字稱呼番茄醬啦！

lamb [læm]　　　　　**n.** 小羔羊肉　🔈 *Track 0507*

lamb chop
[læm-tʃɑp]
n. 羊排　🔈 *Track 0508*

lem·on·ade [ˌlɛmənˋed]　**n.** 檸檬汁　🔈 *Track 0509*

mar·ma·lade [`mɑrmlˌed]　**n.** 橘子醬　🔈 *Track 0510*

mashed po·ta·to
[mæʃt-pəˈteto]

n. 薯泥 　🔊 *Track 0511*

me·dium [ˈmidɪəm]

a. 五分熟 　🔊 *Track 0512*

me·dium-well
[ˈmidɪəm-wɛl]

a. 七分熟 　🔊 *Track 0513*

milk [mɪlk]
n. 牛奶
🔊 *Track 0514*

mush·room sauce
[ˈmʌʃrum-sɔs]

n. 蘑菇醬 　🔊 *Track 0515*

om·e·let [ˈɑmlɪt]
n. 煎蛋捲
🔊 *Track 0516*

on·ion soup [ˈʌnjən-sup]

n. 洋蔥湯 　🔊 *Track 0517*

pan fried calf ribs
[pæn-fraɪd-kæf-rɪbs]

n. 無骨牛小排 🔊*Track 0518*

pan·cake [ˋpænˌkek]

n. 鬆餅 🔊*Track 0519*

pas·ta [ˋpɑstə]

n. 義大利麵的總稱 🔊*Track 0520*

🔠 pasta是義大利麵的總稱？那在台灣常說的spaghetti呢？spaghetti只是pasta的一種，專指細長圓形的pasta。那pasta總共有多少種呢？據說光從形狀來分就有600多種，義大利人可是對自己的pasta非常自豪呢。

pea·nut but·ter
[ˋpiˌnʌt-bʌtə]

n. 花生醬 🔊*Track 0521*

pen·ne [pəˋne]
n. 筆管麵

🔊*Track 0522*

pick·le rel·ish
[ˋpɪklˌˋrɛlɪʃ]

n. 酸黃瓜醬 🔊*Track 0523*

pie [paɪ]

n. 派、餡餅 🔊*Track 0524*

piz·za [ˋpitsə]　　　　　　　n. 披薩　◀≑ *Track 0525*

po·ta·to sal·ad
[pəˋteto-ˋsæləd]　　　　　　n. 馬鈴薯沙拉　◀≑ *Track 0526*

rai·sin [ˋrezn̩]　　　　　　n. 葡萄乾　◀≑ *Track 0527*

rare [rer]　　　　　　　　a. 三分熟　◀≑ *Track 0528*

🈯 除了「三分熟」外，rare更常用來作為「很少見」、「稀奇」的意
思，所以當有人指著稀有動物說「That's a rare species!」時，可別以
為他說那種動物三分熟最好吃啊！

rib eye steak
[rɪb-aɪ-stek]　　　　　　　n. 肋眼牛排　◀≑ *Track 0529*

ri·sot·to [rɪˋsɔto]　　　　n. 燉飯　◀≑ *Track 0530*

🈯 risotto也是一種常見的義大利美食，有點類似中式料理的稀飯，但烹調
的過程更加繁複，而且裡面的米也只會煮到六七分熟。通常risotto裡面
都會有cream（鮮奶油）、onion（洋蔥）和white wine（白酒）。

roast beef sand·wich
[rost-bif-ˋsændwɪtʃ]　　　　n. 烤牛肉
　　　　　　　　　　　　　　三明治　◀≑ *Track 0531*

roast chick·en sand·wich
[rost-`tʃɪkɪn-`sændwɪtʃ]

n. 烤雞肉
三明治 **Track 0532**

roast lamb [rost-læm]
n. 烤羔羊肉

Track 0533

roast sad·dle of mut·ton
[rost-`sædl̩-əv-`mʌtn̩]

n. 烤羊里肌 **Track 0534**

roast tur·key [rost-`tɝkɪ]
n. 烤火雞

Track 0535

roast veal [rost-vil]

n. 烤小牛肉 **Track 0536**

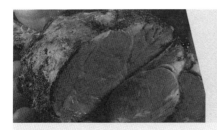

rump steak
[rʌmp-stek]
n. 牛腿排

Track 0537

sal·ad [`sæləd]

n. 沙拉 **Track 0538**

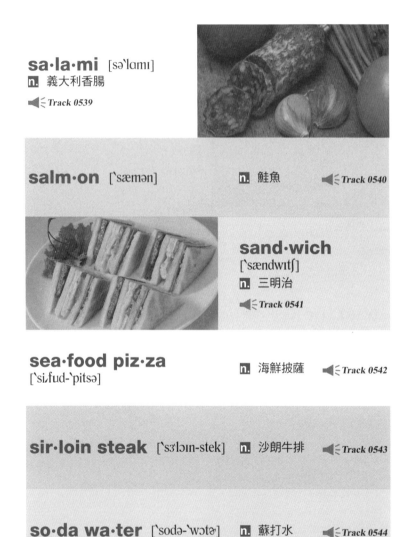

sa·la·mi [sə`lɑmɪ]
n. 義大利香腸

◀€ *Track 0539*

salm·on [`sæmən]　　　**n.** 鮭魚　　◀€ *Track 0540*

sand·wich
[`sændwɪtʃ]
n. 三明治

◀€ *Track 0541*

sea·food piz·za
[`si͵fud-`pitsə]　　　**n.** 海鮮披薩　　◀€ *Track 0542*

sir·loin steak [`sɝlɔɪn-stek]　**n.** 沙朗牛排　◀€ *Track 0543*

so·da wa·ter [`sodə-`wɔtɚ]　**n.** 蘇打水　◀€ *Track 0544*

spa·ghet·ti [spə`gɛtɪ]　　**n.** 長條義
大利麵　◀€ *Track 0545*

steak [stek]　　　　　　　　　　🔳 牛排　　🔊 *Track 0546*

sub·ma·rine sand·wich
[ˋsʌbməˏrin-ˋsændwɪtʃ]
🔳 潛艇堡　🔊 *Track 0547*

📋 submarine sandwich是這幾年來在台灣也很受歡迎的一種三明治。在美國，submarine sandwich其實沒有統一的稱呼，只是這個名字比較廣為人知，據說submarine這個詞是從一間紐約的餐廳來的。

su·preme piz·za
[səˋprim-ˋpitsə]　　　🔳 總匯披薩　🔊 *Track 0548*

T-bone steak
[ti-bon-stek]
🔳 丁骨牛排　🔊 *Track 0549*

ti·ra·mi·su [ˏtırəmiˋsu]　　🔳 提拉米蘇　🔊 *Track 0550*

toast [tost]　　　　🔳 吐司、　🔊 *Track 0551*
　　　　　　　　　　　　 白吐司

tor·til·la chips
[tɔrˋtijə-tʃɪps]
🔳 玉米薄片
🔊 *Track 0552*

tu·na sand·wich
[ˋtunə-ˋsændwɪtʃ]

n. 鮪魚三明治　◀⦂ *Track 0553*

veg·e·ta·ble soup
[ˋvɛdʒətəbl̩-sup]

n. 蔬菜濃湯　◀⦂ *Track 0554*

well-done [ˋwɛl-ˋdʌn]

a. 全熟　◀⦂ *Track 0555*

white cof·fee [hwaɪt-ˋkɔfɪ]

n. 白咖啡　◀⦂ *Track 0556*

whole wheat bread
[hol-hwit-brɛd]

n. 全麥麵包　◀⦂ *Track 0557*

Note

加倍奉送！
5個氣質西餐廳必學句型

句型1

好想吃好想吃好想吃……就用這個句型！

" **I cannot help but...** "

我忍不住……

1 Sorry. When you're away I cannot help but order German pork knuckles, a grilled mutton chop, some baked potatos and a few apple pies. ◀✎ Track 0558
不好意思。你不在的時候我忍不住點了德國豬腳、鐵板羊排、一些焗烤馬鈴薯和蘋果派。

2 The food critic cannot help but fling the steak at the wall. ◀✎ Track 0559
那個美食評論家忍不住把牛排扔向牆壁。

句型2

想問詢問（或抱怨）菜餚，就用這個句型！

" **How come...?** "

為什麼……呢？

1 How come there's a tiny bug in my black coffee? Please explain. ◀✎ Track 0560
怎麼會有小蟲子在我的黑咖啡裡？請解釋。

2 How come there's no ham in my ham-and-egg sandwich? It's ridiculous! ◀✎ Track 0561
為什麼我的火腿蛋三明治裡沒有火腿？太荒謬了！

3 How come he's still here? ◀✎ Track 0562
他怎麼還在這裡呢？

4 How come the restaurant doesn't open on Monday? ◀✎ Track 0563
為什麼這家餐廳星期一不開呢？

句型3

想用美食作誘餌，這樣說就對了！

" There will be... "

將／會有……

1 Come and join our gathering next week! ◀ *Track 0564*
There will be free roast beef sandwiches
and creamy seafood soup.
來參加我們下個星期的聚會！會有免費的烤牛肉三明治
和奶油海鮮巧達湯。

2 There will be a decaf tea party next ◀ *Track 0565*
Saturday!
下星期六會有一個標榜低咖啡因的午茶派對！

句型4

吃飯就是要配閒話！就用這個句型高談闊論！

" It is said that... "

據說……

1 It is said that he is actually an alien. ◀ *Track 0566*
據說他其實是外星人。

2 Believe it or not, it is said that you can't ◀ *Track 0567*
have egg tart with coke.
信不信由你，據說吃蛋塔不能搭配可樂。

句型5

終於又吃到了……百感交集時就這麼說！

" I haven't...for (ages) "

我（很久）沒有……

1 I haven't eaten fried chicken for ages! ◀ *Track 0568*
我好久沒有吃炸雞了！

2 I haven't been to a French restaurant for ◀ *Track 0569*
ages. So I'm definitely going this time!
我超久沒去法國餐廳，所以這次我一定要去！

Chapter 7

雞爪、鴨血、珍珠奶茶：
歡樂夜市裡的生活英單

偷聽老外怎麼說

🔊 *Track 0570*

學單字前，先聽聽看你認得對話中幾個和「夜市美食」相關的單字！

A: Wow, what a huge night market! Where should we start?

B: I recommend the hot dogs[1] over there. They are my favorite.

A: There's quite a queue though. Let's try something else first. I would like some shaved ice[2].

B: Shaved ice? No problem. The vendor beside that stinky tofu[3] vendor sells amazing shaved ice.

A: Great! We can get some stinky tofu and duck blood[4] first, and THEN get shaved ice.

B: And finish up with an oyster omelet[5]!

A: And some cotton candy[6] and milk tea[7]!

B: Perfect. Let's go!

中譯

A: 哇，好大的夜市！我們從哪裡開始？

B: 我推薦那邊的熱狗，那是我的最愛。

A: 可是排隊排好長喔。我們先試試看別的吧！我想吃剉冰。

B: 剉冰喔？沒問題。臭豆腐攤隔壁那一攤就有賣很棒的剉冰。

A: 太好了！我們可以先吃臭豆腐和鴨血，然後再去吃剉冰。

B: 再吃一盤蚵仔煎作結！

A: 還要吃棉花糖和奶茶！

B: 真完美，走吧！

先閉上眼睛聽一次，再對照著中文翻譯聽聽看，這才是瞭解自己的實力、增進聽力的好方法喔！

單字充電站

聽出來了嗎？對話中出現這麼多國家級的好料耶！聽不出來？沒關係，繼續往下翻就會學到了。

❶	hot dog	熱狗
❷	shaved ice	剉冰
❸	stinky tofu	臭豆腐
❹	duck blood	鴨血
❺	oyster omelet	蚵仔煎
❻	cotton candy	棉花糖
❼	milk tea	奶茶

吃透透必會的夜市單字

braised food [brezd-fud]　　**n.** 滷味　　🔊 *Track 0571*

註 braised food這個詞是滷味的通稱，用英文直譯就是「燉煮過的食物」，所以如果你想說滷牛肉就可以說braised beef，或是滷雞爪就是braised chicken feet，以此類推。

bub·ble milk tea
[ˋbʌbḷ-mɪlk-ti]
n. 珍珠奶茶

🔊 *Track 0572*

chick·en foot
[ˋtʃɪkɪn-fʊt]
n. 雞爪

🔊 *Track 0573*

cot·ton can·dy
[ˋkɑtṇ-ˋkændɪ]　　**n.** 棉花糖　　🔊 *Track 0574*

do·nut [ˋdoˌnʌt]　　**n.** 甜甜圈　　🔊 *Track 0575*

註 donut這個字是美式用法，在英國會拼成比較長的doughnut喔！

duck blood [dʌk-blʌd]　　**n.** 鴨血　　🔊 *Track 0576*

fried chick·en skin
[fraɪd-ˋtʃɪkɪn-skɪn]

n. 炸雞皮　◀┊*Track 0577*

fried chick·en steak
[fraɪd-ˋtʃɪkɪn-stek]

n. 炸雞排　◀┊*Track 0578*

fried fish pat·ties
[fraɪd-fɪʃ-ˋpætɪs]

n. 炸魚板　◀┊*Track 0579*

fried pig's blood cake
[fraɪd-pɪgs-blʌd-kek]

n. 炸豬血糕　◀┊*Track 0580*

註 如果在國外感嘆說你很想吃fried pig's blood cake，可能會嚇壞一票人，因為他們根本不吃這種東西，甚至還覺得聽起來很恐怖。也因此我們無法為豬血糕找到一個正式官方翻譯，只能照著字面上翻啦！

fried squid ball
[fraɪd-skwɪd-bɔl]

n. 炸花枝丸　◀┊*Track 0581*

fried tem·pu·ra
[fraɪd-ˌtɛmˋpurə]

n. 炸甜不辣　◀┊*Track 0582*

註 tempura這個字其實是從日文「天婦羅」（てんぷら）的發音來的，但我們現在吃的甜不辣和他們的天婦羅也已經長得不太一樣囉！

green tea [grin-ti]　　　**n.** 綠茶　　◀≷ Track 0583

herb juice [hɜb-dʒus]　　**n.** 青草茶　◀≷ Track 0584

hot dog [hɑt-dɔg]
n. 熱狗
◀≷ Track 0585

ice cream [aɪs-krim]　　**n.** 霜淇淋　◀≷ Track 0586

jel·ly fig [ˈdʒɛlɪ-fɪg]
n. 愛玉
◀≷ Track 0587

Job's tear milk
[dʒɔbs-tɪr-mɪlk]　　**n.** 薏仁漿　◀≷ Track 0588

📖 薏仁的英文叫做Job's tear，聽起來好像風馬牛不相及？其實Job's tear只是薏仁的其中一個通俗名稱而已，源自於舊約聖經約伯記，真正的學名叫做 Coix lacryma-jobi。看到這好像超難記的字以後，應該就覺得Job's tear 這個稱呼真是親切到不行了吧。

kum·quat lem·on juice
[ˋkʌmkwɑt-ˋlɛmən-dʒus]   **n.** 金桔檸檬 Track 0589

me·so·na
[mɛˋsonə]
n. 仙草

Track 0590

milk tea [mɪlk-ti]   **n.** 奶茶   Track 0591

on·ion rings [ˋʌnjən-rɪŋs]
n. 洋蔥圈
Track 0592

oys·ter om·e·let
[ˋɔɪstɚ-ˋɑmlɪt]   **n.** 蚵仔煎   Track 0593

oys·ter with thin noo·dles
[ˋɔɪstɚ-wɪð-ðɪn-ˋnudḷs]
n. 蚵仔麵線

Track 0594

pa·pa·ya milk [pə`paiə-mɪlk] **n.** 木瓜牛奶 Track 0595

plum juice [plʌm-dʒus]
n. 酸梅湯
Track 0596

pop·corn [`pɑpˌkɔrn] **n.** 爆米花 Track 0597

saus·age [`sɔsɪdʒ]
n. 香腸
Track 0598

shaved ice [ʃevd-aɪs]
n. 剉冰
Track 0599

slu·shie [s`lʌʃi] **n.** 冰沙 Track 0600

snow ice [sno-aɪs]   **n.** 雪花冰   ◀≲ *Track 0601*

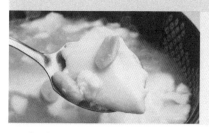

soy cus·tard
[ˋsɔɪ-ˋkʌstəd]
n. 豆花

◀≲ *Track 0602*

stink·y to·fu [ˋstɪŋkɪ-ˋtofu]
n. 臭豆腐   ◀≲ *Track 0603*

註 大家應該都有聽說過，stinky tofu
是外國人最不敢嘗試的小吃第一
名吧！在台灣還有一些外國人聞
之色變的小吃，像豬血糕（pig's
blood cake）、雞爪（chicken
foot）等，有機會帶著外國朋友來
挑戰這些小吃看看吧！

win·ter mel·on tea
[ˋwɪntɚ-ˋmɛlən-ti]   **n.** 冬瓜茶   ◀≲ *Track 0604*

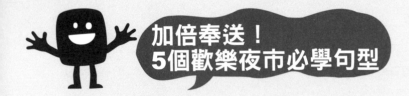

加倍奉送！
5個歡樂夜市必學句型

句型1

朋友好羨慕你手中的烤魷魚，問你多少錢？就用這個句型回答！

" (It) cost me... "
它花了我……

1 This slushie cost me 30 NT Dollars. 🔊 *Track 0605*
這冰沙花了我30元。

2 It cost me 60 NT Dollars. A bit expensive, 🔊 *Track 0606*
isn't it?
它花了我60元。有點貴，對不對？

句型2

想和朋友們好好形容口中美食的滋味，就用這個句型！

" (It) is such a... "
它真是個……

1 This oyster omelet is such a disappointment. 🔊 *Track 0607*
這蚵仔煎真是令人失望。

2 Buying that donut is such a waste. 🔊 *Track 0608*
買那個甜甜圈真是浪費。

3 This dress from that shop is such a 🔊 *Track 0609*
good deal.
那家店買到的這件洋裝真是超好康。

4 That vendor is such a cheat. 🔊 *Track 0610*
那個攤販真是個騙子。

句型3

天啊！最愛吃的攤子沒開！安慰失望的朋友，就用這個句型！

" **At least…** "

至少……

1 At least we had some pretty great ice-cream. ◀≣*Track 0611*
至少我們吃到蠻不賴的冰淇淋。

2 At least the stinky tofu shop is still open. ◀≣*Track 0612*
至少臭豆腐店還開著。

句型4

想和朋友們推薦你最愛的夜市小吃，就用這個句型！

" **I like…the most** "

我最喜歡……

1 I like the sausages from that vendor the most. ◀≣*Track 0613*
我最喜歡那個攤販的香腸。

2 I like cotton candy the most. ◀≣*Track 0614*
我最喜歡棉花糖。

句型5

想勸朋友別踩到地雷，吃到恐怖的食物，就用這個句型！

" **You'd better not…** "

你最好不要……

1 You'd better not buy from that vendor. ◀≣*Track 0615*
你最好別買那個攤販的東西。

2 You'd better not try chicken feet if you're a vegetarian. ◀≣*Track 0616*
如果你吃素，最好別試吃雞爪。

Chapter8

蛤蜊、青蔥、里肌肉：
樂活市場裡的生活英單

偷聽老外怎麼說　　🔊 Track 0617

學單字前，先聽聽看你認得對話中幾個和「果菜市場」相關的單字！

A: Is there anything I can do for you, sir?

B: Yeah. I'm visiting my sick friend and would like to bring him some fruit.

A: You've come to the right place. We sell the freshest fruit only.

B: Do you have a premade fruit basket that contains all kinds of fruits?

A: Oh, I'm so sorry. We don't offer these. However, we can make one for you now.

B: That's so kind of you. Please put some apples[1], strawberries[2], bananas[3], litchis[4], pineapples[5] and peaches[6] inside.

A: How about some grapefruit[7] or star fruit[8]? Ours are fresh and nice.

B: Sure. Thank you for your suggestion. How much will it be?

A: It's 300 dollars in total.

中譯

A: 先生，我能幫您什麼嗎？

B: 嗯，我要探望生病的朋友，想帶點水果給他。

A: 你來對地方了。我們只賣最新鮮的水果。

B: 請問有已做好的水果籃組合嗎？

A: 哦，很抱歉，我們沒有提供。但是我們可以為您現做。

B: 你們真是太好了。請放一些蘋果、草莓、香蕉、荔枝、鳳梨和桃子進去吧！

A: 要不要來些葡萄柚和楊桃？我們的又新鮮又好。

B: 好的，謝謝您的建議。多少錢？

A: 共300元。

先閉上眼睛聽一次，再對照著中文翻譯聽聽看，這才是瞭解自己的實力、增進聽力的好方法喔！

單字充電站

聽出來了嗎？對話中出現這麼多新鮮水果耶！聽不出來？沒關係，繼續往下翻就會學到了。

① apple	蘋果
② strawberry	草莓
③ banana	香蕉
④ litchi	荔枝
⑤ pineapple	鳳梨
⑥ peach	桃子
⑦ grapefruit	葡萄柚
⑧ star fruit	楊桃

生鮮蔬活必會的市場單字

ap·ple [ˋæpl̩]
n. 蘋果

◀≶ *Track 0618*

ap·ple juice [ˋæpl̩-dʒus]　　**n.** 蘋果汁　　◀≶ *Track 0619*

ba·nan·a [bəˋnænə]　　**n.** 香蕉　　◀≶ *Track 0620*

Bar·be·cue sauce
[ˋbɑrbɪkju-sɔs]　　**n.** 烤肉醬　　◀≶ *Track 0621*

beef [bif]　　**n.** 牛肉　　◀≶ *Track 0622*

beer [bɪr]
n. 啤酒

◀≶ *Track 0623*

ber·ry [ˋbɛrɪ]
n. 莓
◀︎ぞ *Track 0624*

black pep·per
[blæk-ˋpɛpɚ]
n. 黑胡椒　◀︎ぞ *Track 0625*

black pep·per sauce
[blæk-ˋpɛpɚ-sɔs]
n. 黑胡椒醬　◀︎ぞ *Track 0626*

bok choy [bɑk-tʃɔɪ]
n. 青江菜　◀︎ぞ *Track 0627*

註 青江菜的英文叫bok choy？聽起來
很像「白菜」對不對？為什麼會有這
種口誤？有一說是當年廣東人在把
青江菜引進西方時，把青江菜報成
了bok choy，從此青江菜的英文就
變bok choy啦！

broc·co·li [ˋbrɑkəlɪ]
n. （綠）花椰菜　◀︎ぞ *Track 0628*

cab·bage [ˋkæbɪdʒ]
n. 高麗菜　◀︎ぞ *Track 0629*

car·rot [ˋkærət]
n. 胡蘿蔔　◀︎ぞ *Track 0630*

cel·er·y [ˋsɛlərɪ]　　　n. 芹菜　　　🔊 *Track 0631*

ce·re·al [ˋsɪrɪəl]
n. 穀片、玉米片
🔊 *Track 0632*

cher·ry [ˋtʃɛrɪ]
n. 櫻桃
🔊 *Track 0633*

cher·ry to·ma·to　　　n. 聖女番茄　　　🔊 *Track 0634*
[ˋtʃɛrɪ-təˋmeto]

📋 cherry tomato就是我們中文說的聖女番茄，從英文來看感覺像是
cherry（櫻桃）跟tomato（番茄）混種下來的產物對不對？其實只是
因為聖女番茄外形像小小的cherry，才會有這種名字。

chick·en [ˋtʃɪkɪn]　　　n. 雞肉　　　🔊 *Track 0635*

chick·en breast　　　n. 雞胸肉　　　🔊 *Track 0636*
[ˋtʃɪkɪn-brɛst]

Chi·nese hon·ey　　　n. 椪柑　　　🔊 *Track 0637*
[tʃaɪˋniz-ˋhʌnɪ]

clam [klæm]
n. 蛤蜊
◀⧼ *Track 0638*

co·co·nut [ˋkokəˏnət]　　**n.** 椰子　　◀⧼ *Track 0639*

cook·ie(s) [ˋkʊkis]　　**n.** 餅乾　　◀⧼ *Track 0640*

crab [kræb]
n. 螃蟹
◀⧼ *Track 0641*

cu·cum·ber [ˋkjukʌmbɚ]　　**n.** 小黃瓜　　◀⧼ *Track 0642*

cus·tard ap·ple　　**n.** 釋迦　　◀⧼ *Track 0643*
[ˋkʌstəd-ˋæpḷ]

cut·tle·fish [ˋkʌtḷˏfɪʃ]
n. 墨魚
◀⧼ *Track 0644*

dressed squid
[drɛst-skwɪd]

n. 花枝　◀≦ Track 0645

eel [il]
n. 鰻魚
◀≦ Track 0646

egg·plant [ˋɛgˏplænt]

n. 茄子　◀≦ Track 0647

🈺 咦？egg不是蛋嗎？為什麼茄子會叫做eggplant呢？其實你仔細看，茄子不是長得很像紫紫的蛋嗎？想必當年發明這個字的人也是這樣想的，才會這麼命名啦。

fat [fæt]

n. 肥肉　◀≦ Track 0648

flake [flek]

n. 鯊魚（肉）　◀≦ Track 0649

gar·lic [ˋgɑrlɪk]

n. 大蒜　◀≦ Track 0650

🈺 garlic（大蒜）是一種既可調味又可增加疾病抵抗力的優良食品，在美國加州一個盛產大蒜的小鎮Gilroy，每年還會在七月底舉辦為期三天的大蒜節，在節慶期間販賣如大蒜冰淇淋、大蒜蜜核等令人想像不到的食物呢！

gar·lic bulb
[ˋgɑrlɪk-bʌlb]
n. 蒜頭　◀≦ Track 0651

grape [grep]　　　　　　　**n.** 葡萄　　　◀╡ *Track 0652*

grape·fruit [ˋgrepˏfrut]　　**n.** 葡萄柚　　◀╡ *Track 0653*

green on·ion
[grin-ˋʌnjən]
n. 蔥　　◀╡ *Track 0654*

green pep·per
[grin-ˋpɛpɚ]
n. 青椒　◀╡ *Track 0655*

gua·va [ˋgwɑvə]　　　　　**n.** 芭樂　　　◀╡ *Track 0656*

hair·tail [ˋhɛrˏtel]　　　　**n.** 白帶魚　　◀╡ *Track 0657*

hake [hek]　　　　　　　　**n.** 無鬚鱈魚　◀╡ *Track 0658*

in·stant cof·fee
[ˈɪnstənt-ˈkɔfɪ]

n. 即溶咖啡　　◀≦ *Track 0659*

in·stant noo·dles
[ˈɪnstənt-ˈnudls]

n. 泡麵　　◀≦ *Track 0660*

註 instant的意思是「立即的」，那麼立即可食的麵就是泡麵啦！亞洲國家如台灣、日本、韓國、泰國等都盛產各式各樣的泡麵，台灣一年甚至可吃掉105億元的泡麵，相當可觀！

juic·y peach [ˈdʒusɪ-pitʃ]

n. 水蜜桃　　◀≦ *Track 0661*

ki·wi [kiwi]

n. 奇異果　　◀≦ *Track 0662*

註 其實kiwi這個字還不只是「奇異果」喔！有一種很可愛的鳥叫做奇異鳥，也是叫做kiwi。牠長得也很像奇異果，令人不禁想問，到底是先有奇異果還是先有奇異鳥呢！

knuck·les [ˈnʌkls]

n. 帶骨肉　　◀≦ *Track 0663*

lean meat [lin-mit]

n. 瘦肉　　◀≦ *Track 0664*

leek [lik]

n. 韭菜　　◀≦ *Track 0665*

lem·on [ˈlɛmən]　　　　　**n.** 檸檬　　🔊 *Track 0666*

let·tuce [ˈlɛtɪs]　　　　　**n.** 萵苣　　🔊 *Track 0667*

light beer [laɪt-bɪr]　　　**n.** 淡啤酒　🔊 *Track 0668*

🈑 市面上常見的啤酒如Heineken（海尼根）、台啤等都是一般啤酒（beer），那什麼是light beer？light beer是種發酵方式不同、顏色較淡、濃度也較淡的一種啤酒。beer的濃度約5%~15%，light beer只有4%。

lit·chi [ˈlitʃi]　　　　　**n.** 荔枝　　🔊 *Track 0669*

lob·ster [ˈlɑbstɚ]
n. 龍蝦
🔊 *Track 0670*

lon·gan [ˈlɑŋən]
n. 龍眼
🔊 *Track 0671*

lo·quat [ˈlokwɑt]
n. 枇杷
🔊 *Track 0672*

mack·er·el [ˈmækərəl]　　n. 青魚　　🔊 Track 0673

man·go [ˈmæŋgo]　　n. 芒果　　🔊 Track 0674

man·tis shrimp [ˈmæntɪs-ʃrɪmp]　　n. 瀨尿蝦　　🔊 Track 0675

meat [mit]　　n. 肉（總稱）　　🔊 Track 0676

mel·on [ˈmɛlən]
n. 哈蜜瓜
🔊 Track 0677

mi·so [ˈmɪsɔ]　　n. 味噌　　🔊 Track 0678

milk·fish [ˈmɪlkˌfɪʃ]
n. 虱目魚
🔊 Track 0679

mince [mɪns]　　　　　　**n.** 絞肉　　　🔊 *Track 0680*

min·er·al wa·ter
[ˈmɪnərəl-ˈwɔtɚ]　　　**n.** 礦泉水　　🔊 *Track 0681*

MSG [æm-æs-dʒɪ]　　　**n.** 味精　　🔊 *Track 0682*

📖 MSG（味精）是一種從天然食材裡面提煉出的結晶，全名稱為Mono-sodium-L-Glatamate。嚴格來說味精不算化工產品，但許多人食用後都會有不適症產生，目前世界各地都開始提倡減少使用味精的用量。

mul·let roe [ˈmʌlɪt-ro]　　**n.** 烏魚子　　🔊 *Track 0683*

mus·tard [ˈmʌstɚd]　　　**n.** 芥末　　🔊 *Track 0684*

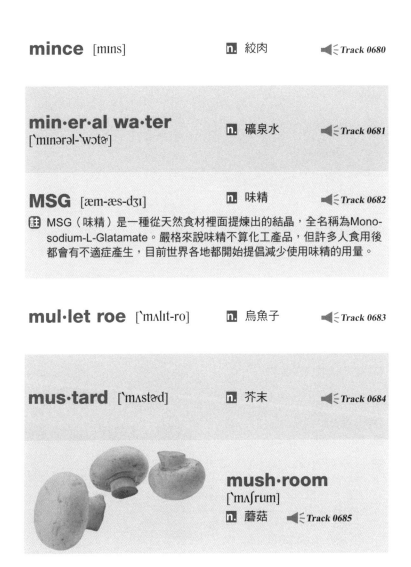

mush·room
[ˈmʌʃrum]
n. 蘑菇　🔊 *Track 0685*

mut·ton [ˈmʌtn̩]　　　　**n.** 羊肉　　🔊 *Track 0686*

nec·tar·ine [ˋnɛktərɪn]　　**n.** 水蜜桃　　◀≶ *Track 0687*

oc·to·pus [ˋɑktəpəs]
n. 章魚
◀≶ *Track 0688*

on·ion [ˋʌnjən]　　**n.** 洋蔥　　◀≶ *Track 0689*

or·ange [ˋɔrɪndʒ]　　**n.** 柳橙　　◀≶ *Track 0690*

orb·fish [ˋɔrbˌfɪʃ]　　**n.** 白鯧　　◀≶ *Track 0691*

oys·ter [ˋɔɪstɚ]
n. 牡蠣　◀≶ *Track 0692*

📖 oyster（牡蠣）又稱為蠔，也是我們俗稱的蚵仔或青蚵。在國外，人們直接食用新鮮的生蠔，在台灣則是做成oyster sauce（蠔油）或oyster omelet（蚵仔煎），後者也是一道受歡迎的國民美食。

pa·cif·ic sau·ry
[pəˋsɪfɪk-ˋsɔrɪ]　　**n.** 秋刀魚　　◀≶ *Track 0693*

pa·cif·ic white shrimp
[pə`sıfık-hwaıt-ʃrımp]

n. 白蝦　　◀ᐸ *Track 0694*

pa·pa·ya [pə`paıə]

n. 木瓜　　◀ᐸ *Track 0695*

pea [pi]
n. 豌豆
◀ᐸ *Track 0696*

peach [pitʃ]

n. 桃子　　◀ᐸ *Track 0697*

peeled prawns
[pild-prons]
n. 蝦仁　　◀ᐸ *Track 0698*

per·sim·mon
[pə`sımən]
n. 柿子　　◀ᐸ *Track 0699*

pine·ap·ple [`paınˌæpl̩]

n. 鳳梨　　◀ᐸ *Track 0700*

plum [plʌm] n. 李子 *Track 0701*

pom·e·lo [ˋpɑməlo] n. 柚子／文旦 *Track 0702*

pork [pork] n. 豬肉 *Track 0703*

pork chop
[pork-tʃɑp]
n. 豬排 *Track 0704*

pork fil·let [pork-ˋfɪlɪt]
n. 里肌肉

Track 0705

po·ta·to [pəˋteto] n. 馬鈴薯 *Track 0706*

註 potato（馬鈴薯）在東西方都是不可或缺的主食。英文裡也有很多有趣的相關片語，比如說couch potato指的是整天在沙發上看電視的懶人，而hot potato則是指棘手的事物等。

pump·kin [ˋpʌmpkɪn] n. 南瓜 *Track 0707*

salt [sɔlt]　　　　**n.** 鹽　　◀🔊 *Track 0708*

scal·lop [`skɑləp]　　**n.** 扇貝　◀🔊 *Track 0709*

Scyl·la ser·ra·ta
[`sɪlə-sə`rætə]
n. 紅蟳
◀🔊 *Track 0710*

sea·son·ing [`siznɪŋ]
n. 調味料
◀🔊 *Track 0711*

shal·lot [ʃə`lɑt]　　**n.** 青蔥　◀🔊 *Track 0712*

shrimp [ʃrɪmp]　　**n.** 蝦子　◀🔊 *Track 0713*

soy sauce [sɔɪ-sɔs]
n. 醬油
◀🔊 *Track 0714*

spin·ach [ˈspɪnɪtʃ]　　　　n. 菠菜　　◀ᴇ *Track 0715*

sports drink [sports-drɪŋk] n. 運動飲料　◀ᴇ *Track 0716*

squid [skwɪd]　　　　　　n. 烏賊　　◀ᴇ *Track 0717*

star fruit [star-frut]
n. 楊桃　◀ᴇ *Track 0718*
註 楊桃切成一片一片的，是不是
就是一個一個星星的形狀了
呢？所以它的英文名稱就叫做
star fruit，星星水果。

straw·ber·ry [ˈstrɔˌbɛrɪ]　　n. 草莓　　◀ᴇ *Track 0719*

sug·ar [ˈʃʊgɚ]　　　　　　n. 糖　　　◀ᴇ *Track 0720*

sug·ar cane [ˈʃʊgɚ-ken]　n. 甘蔗　　◀ᴇ *Track 0721*
註 cane的意思是竹子或藤蔓的莖，由於我們食用的甘蔗就是取其莖的部
份，又因為味道甘甜，所以就把甘蔗叫為sugar cane了。

tan·ge·rine [ˈtændʒəˌrin]　🔲 橘子　◀≶ *Track 0722*

ti·ger shrimp
[ˈtaɪɡəˌʃrɪmp]
🔲 草蝦　◀≶ *Track 0723*

to·ma·to [təˈmeto]　🔲 番茄　◀≶ *Track 0724*

to·ma·to juice
[təˈmeto-dʒus]
🔲 番茄汁
◀≶ *Track 0725*

tu·na [ˈtunə]　🔲 鮪魚　◀≶ *Track 0726*

ur·chin [ˈɝtʃɪn]　🔲 海膽　◀≶ *Track 0727*

vin·e·gar [ˈvɪnɪɡə]　🔲 醋　◀≶ *Track 0728*

wa·ter·mel·on
[ˈwɔtəˌmɛlən]

n. 西瓜

◀⦂ *Track 0729*

wax ap·ple [wæks-ˈæpl̩]
n. 蓮霧 ◀⦂ *Track 0730*

註 wax apple（蓮霧）是一種東南亞原生的水果，因為外形特別加上口感甜美，又像上了蠟、又像鐘的形狀、又有蘋果的芬芳，所以名稱也是百百種，如wax fruit、bell apple、wax jumbo等等。不出國還不知道，原來許多國家是沒有蓮霧這種東西的，所以如果到了國外很想吃蓮霧，就只能苦苦忍著了，因為真的買不到啊！也難怪會有這麼多名稱了，因為沒有見過的東西，就很難給它取個統一的名字啦。

white gourd
[(h)waɪt-gord]

n. 冬瓜

◀⦂ *Track 0731*

white pep·per
[(h)waɪt-ˈpɛpɚ]

n. 白胡椒

◀⦂ *Track 0732*

yel·low croak·er
[ˈjɛlo-ˌkrokɚ]

n. 黃魚

◀⦂ *Track 0733*

yo·gurt [ˈjogɚt]
n. 優酪乳

◀€ *Track 0734*

Note

....

....

....

....

....

....

....

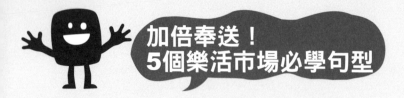

加倍奉送！
5個樂活市場必學句型

句型1

在市場看到一個看起來好像很好吃，可是又不知道是什麼的東西……就用這個句型問問看賣菜的阿嬤！

" **What is that...** "

那個……是什麼？

1 **What is that reddish vegetable?** ◀€ *Track 0735*
那個紅紅的蔬菜是什麼？

2 **What is that vegetable that looks like a small tree?** ◀€ *Track 0736*
那個看起來像一棵小樹的蔬菜是什麼？

句型2

逛超市時，別人都有一堆東西要買，你卻只要一兩樣，就用這個句型告訴大家：只要有了這些，其他的我無所謂！

" **...as long as...** "

只要……

1 **You guys can buy anything you want** ◀€ *Track 0737*
as long as you get some fruit.
你們想買什麼都沒關係，只要有買水果就好。

2 **You can spend as much as you want as** ◀€ *Track 0738*
long as you remember to get me some beef.
你們花多少都沒關係，只要記得幫我買牛肉就好。

3 **I don't care how long you take as long** ◀€ *Track 0739*
as you bring me some garlic.
你們花多久我都無所謂，只要有幫我帶大蒜回來就好。

4 **I'm okay with waiting as long as you** ◀€ *Track 0740*
tell me where the mushrooms are.
要我等也沒關係，只要你跟我講香菇放在哪就好。

句型3

妹妹去超市回來，你發現她買錯一堆東西，就用這個句型罵罵她！

" You should have... "

你應該要……的

1 You should have bought some plums. *Track 0741*
你應該要買李子的。

2 You should have remembered to buy salt. *Track 0742*
你應該要記得買鹽的。

句型4

市場新手，要請大家給你建議，就用這個句型！

" How should I... "

我該怎麼……

1 How should I choose strawberries? *Track 0743*
我該怎麼挑草莓？

2 How should I cook this tuna? *Track 0744*
我該怎麼煮這隻鮪魚？

句型5

在市場怎麼挑也挑不下手，還是請老鳥推薦吧！就用這個句型！

" Can you recommend...? "

你能推薦……？

1 Can you recommend some vendors to go to for fruit? *Track 0745*
你能推薦幾家賣水果的攤販嗎？

2 Can you recommend a good restaurant to me? *Track 0746*
你可以推薦我一家好餐廳嗎？

Chapter9

日霜、唇彩、淡香水：
美妝店裡的生活英單

偷聽老外怎麼說

🔊 Track 0747

學單字前，先聽聽看你認得對話中幾個和「美妝小物」相關的單字！

A: Miss, what can I do for you?

B: I want to buy some cosmetics[1]. Can you give me some suggestions?

A: Haven't you put on make-up before?

B: I have! I just don't know which kind of cosmetics is suitable for my skin.

A: Okay. First, I recommend that you buy some foundation[2], some concealer[3], a brow pencil[4], mascara[5], some lip color[6] and blush[7].

B: Are they harmful to the skin? I don't want to spend too much on these.

A: Why don't you buy some makeup remover[8] then? What do you think of this one?

B: Looks good. Thank you for your advice. Where is the cashier counter?

A: It's my pleasure. Follow me please.

中譯

A: 小姐，我能幫您什麼嗎？

B: 我想要一些彩妝品。您能給我一些建議嗎？

A: 難道妳從來沒有化妝過嗎？

B: 有啊！我只是不知道哪一種彩妝化妝品適合我的皮膚。

A: 好，那我首先推薦妳應該買些粉底液、遮瑕膏、眉筆、睫毛膏、口紅和腮紅。

B: 它們對皮膚有害嗎？而且我不想在這上面花太多錢。

A: 那妳為什麼不買點卸妝水呢？妳覺得這個怎麼樣？

B: 好的，謝謝你的建議。收銀台在哪裡？

A: 這是我的榮幸，請跟我來。

先閉上眼睛聽一次，再對照著中文翻譯聽聽看，這才是瞭解自己的實力、增進聽力的好方法喔！

單字充電站

聽出來了嗎？對話中出現這麼多變美美法寶耶！聽不出來？沒關係，繼續往下翻就會學到了。

❶ cosmetics	彩妝
❷ foundation	粉底液
❸ concealer	遮瑕膏
❹ brow pencil	眉筆
❺ mascara	睫毛膏
❻ lip color	唇彩
❼ blush	腮紅
❽ makeup remover	卸妝水

愛美男女必會的美妝店單字

an·ti·per·spi·rant
[ˌænti`pɝspərənt]

n. 止汗劑　　◀≒ *Track 0748*

an·ti·per·spi·rant spray
[ˌænti`pɝspərənt-spre]

n. 止汗噴霧　　◀≒ *Track 0749*

an·ti-wrin·kle cream
[`ænti-`rɪŋkḷ-krim]

n. 抗皺霜　　◀≒ *Track 0750*

註 咦，怎麼一連三個單字都是anti開頭呢？anti到底是什麼意思？原來anti-這個字首是「反……、抗……」的意思，所以這些產品用anti-這個字首，就表示它們可以抵抗汗、抵抗皺紋啦！

bald [bɔld]

a. 光頭　　◀≒ *Track 0751*

bang [bæŋ]
n. 瀏海
◀≒ *Track 0752*

base note [bes-not]

n. 後味　　◀≒ *Track 0753*

BB cream [bi-bi-krim]　n. BB霜　◀️≶ *Track 0754*

註 BB cream是一種近幾年來在世界各地流行起來的化妝品，最早是由德國一位醫生研發出的能保養皮膚的遮瑕膏（concealer），後來被用在韓國連續劇裡，從此大受歡迎。

ber·ga·mot [ˋbɝɡəˏmɑt]　n. 佛手柑精油　◀️≶ *Track 0755*

blush [blʌʃ]
n. 腮紅

◀️≶ *Track 0756*

blush brush [blʌʃ-brʌʃ]　n. 腮紅刷　◀️≶ *Track 0757*

bod·y firm·ing cream
[ˋbɑdɪ-ˋfɝmɪŋ-krim]　n. 身體緊實霜　◀️≶ *Track 0758*

bod·y firm·ing mas·sage oil
[ˋbɑdɪ-ˋfɝmɪŋ-məˋsɑʒ-ɔɪl]　n. 塑身按摩油　◀️≶ *Track 0759*

bod·y lo·tion [ˋbɑdɪ-ˋloʃən]
n. 身體乳液

◀️≶ *Track 0760*

1000 Everyday Vocabulary Words

bod·y pow·der
[`bɑdɪ-`paʊdɚ]
n. 香體粉　◀≦ *Track 0761*

bod·y scrub [`bɑdɪ-skrʌb]　**n.** 身體磨砂膏　◀≦ *Track 0762*

註 body scrub（身體磨砂膏）和facial scrub（臉部磨砂膏）一樣，都是
利用較粗的清潔顆粒幫助皮膚達到除去老廢角質（ceratoid），讓皮膚
不再暗沉、重現光澤的好東西哦！

brow brush [braʊ-brʌʃ]　**n.** 眉刷　◀≦ *Track 0763*

brow pen·cil
[braʊ-`pɛnsl]
n. 眉筆　◀≦ *Track 0764*

brow pow·der
[braʊ-`paʊdɚ]
n. 眉粉　◀≦ *Track 0765*

bust treat·ment
[bʌst-`tritmənt]
n. 胸部護理　◀≦ *Track 0766*

cam·phor [`kæmfɚ]　**n.** 樟樹精油　◀≦ *Track 0767*

can·dle hold·er
[`kændḷ-`holdə]
n. 燭台 ◀€ Track 0768

car·da·mom [`kardəməm]
n. 豆蔻精油 ◀€ Track 0769

ce·ram·ic perm
[sə`ræmɪk-pɝm]
n. 陶瓷燙 ◀€ Track 0770

cham·o·mile [`kæməˌmaɪl]
n. 洋甘菊精油 ◀€ Track 0771

cin·na·mon [`sɪnəmən]
n. 肉桂精油 ◀€ Track 0772

co·logne [kə`lon]
n. 古龍水／男性香水

◀€ Track 0773

註 cologne（古龍水）跟一般香水
（perfume）的差異在哪裡呢？就像
beer跟light beer一樣，差異在濃度。
cologne的濃度在3%~5%，比淡香水
（濃度5%~10%）還要淡，適合給不
太喜歡濃重香味的男生使用。

com·bi·na·tion
[ˌkɑmbə`neʃən]
n. 混合性皮膚 ◀€ Track 0774

com·pound·ed es·sence oil
[kɑmˋpaʊndɪd-ˋɛsn̩s-ɔɪl]
n. 綜合精油

◀≶ *Track 0775*

con·ceal·er [kənˋsilɚ]　　**n.** 遮瑕膏　　◀≶ *Track 0776*

cos·met·ic brush
[kɑzˋmɛtɪk-brʌʃ]
n. 粉刷　◀≶ *Track 0777*

cos·met·ics [kɑzˋmɛtɪks]　　**n.** 彩妝　　◀≶ *Track 0778*

cot·ton pads [ˋkɑtn̩-pædz]　　**n.** 化妝棉　　◀≶ *Track 0779*

cot·ton swabs
[ˋkɑtn̩-swɑbz]　　　　**n.** 棉花棒　　◀≶ *Track 0780*

cream [krim]
n. 乳霜

◀≶ *Track 0781*

crew cut [kru-kʌt]　　　**n.** 平頭　　　◀Track 0782

curl·y hair
[ˋkɝli-hɛr]
n. 捲髮　◀Track 0783

curl·ing mas·car·a　　**n.** 捲翹睫毛膏　◀Track 0784
[ˋkɝlɪŋ-mæsˋkærə]

day cream [de-krim]　　**n.** 日霜　　　◀Track 0785
註 day cream是日霜，那相對的晚霜就是night cream啦！

di·et care [ˋdaɪət-kɛr]　　**n.** 減肥護理　◀Track 0786

di·gi·tal perm [ˋdɪdʒɪtl̩-pɝm] **n.** 溫塑燙　◀Track 0787

dry [draɪ]　　　　**a.** 乾性皮膚　◀Track 0788

es·sence [ˈɛsn̩s]　　　**n.** 精華液　◀∈ *Track 0789*

es·sence oil [ˈɛsn̩s-ɔɪl]
n. 精油　◀∈ *Track 0790*

註 essence這個字的意思是「精華」，
是把某個物品濃縮至極致後的產物，
而essence oil（精油）就是把帶有天
然香氣的花、草、水果、樹木等植物
的香味濃縮至極致，是化妝品、香水
等重要原料之一。

ex·fo·li·a·tor [ɛksˈfolɪˌetɚ]　　**n.** 去角質產品　◀∈ *Track 0791*

ex·ten·sion length·en·ing mas·car·a　　**n.** 纖長睫毛膏　◀∈ *Track 0792*
[ɪkˈstɛnʃən-ˈlɛŋθənɪŋ-mæsˈkærə]

註 這單字超長的，有沒有覺得很可怕啊？別怕，把它分成三個部分看
吧！第一個字extension有「外接」的意思，這裡指的就是外接的睫毛
了。lengthening是「延長」的意思，指的就是把睫毛延長這個過程。
而最後一個字就是睫毛膏啦！這樣有沒有比較好記呢？

eye cream [aɪ-krim]　　　**n.** 眼霜　◀∈ *Track 0793*

eye lin·er [aɪ-ˈlaɪnɚ]　　　**n.** 眼線液　◀∈ *Track 0794*

eye mask [aɪ-mæsk]　　　**n.** 眼膜　◀∈ *Track 0795*

eye shad·ow
[aɪ-ˈʃædo]
n. 眼影　🔊 *Track 0796*

eye shad·ow brush
[aɪ-ˈʃædo-brʌʃ]
n. 眼影刷　🔊 *Track 0797*

eye·brow trim·mer
[ˈaɪbraʊ-ˈtrɪmɚ]
n. 修眉刀　🔊 *Track 0798*

fa·cial [ˈfeʃəl]
a. 臉部用的　🔊 *Track 0799*

註 facial除了當作形容詞以外，還可以當名詞，指的就是在專業機構保養臉部的整個過程。要去「做臉」的時候，就可以說要去「get a facial」喔！

fa·cial clean·ser
[ˈfeʃəl-ˈklɛnzɚ]
n. 洗面乳　🔊 *Track 0800*

fa·cial mask [ˈfeʃəl-mæsk]
n. 面膜　🔊 *Track 0801*

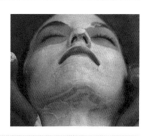

註 facial mask乍看之下應該叫做「臉部的面具」對吧？其實就是面膜的意思，而且不管是撕去性面膜、沖洗式面膜或是小黃瓜敷臉等面膜，通通可以叫做facial mask。

fa·cial scrub [ˈfeʃəl-skrʌb]
n. 磨砂膏　🔊 *Track 0802*

fast-dry nail pol·ish
[fæst-draɪ-nel-ˋpɑlɪʃ]

n. 快乾指甲油 ◀€ *Track 0803*

firm [fɝm]

a. 緊緻肌膚 ◀€ *Track 0804*

註 除了說肌膚「緊實」外，firm這個字也有「堅定」的意思。要是你朋友總是拿不定主意，沒辦法堅定地表達自己的意見，你可以叫他「Be firm!」（堅定一點！），這可不是要叫他變得緊實啊！

flo·ral wa·ter [ˋflorəl-ˋwɔtɚ] **n.** 淡香水 ◀€ *Track 0805*

foot cream [fʊt-krim] **n.** 腿部乳霜 ◀€ *Track 0806*

foot mas·sage [fʊt-məˋsɑʒ] **n.** 腳底按摩 ◀€ *Track 0807*

foun·da·tion
[faʊnˋdeʃən]

n. 粉底 ◀€ *Track 0808*

註 foundation這個字原本是「基礎」、「基金」等意思，會用來指「粉底液」是因為粉底是化妝時的基礎，要先上foundation才能再上腮紅（blush）、眉粉（brow powder）、唇膏（lipstick）等。

full col·or [fʊl-ˋkʌlɚ] **n.** 全染 ◀€ *Track 0809*

gauze mask [gɔz-mæsk]
n. 口罩

◀≦ *Track 0810*

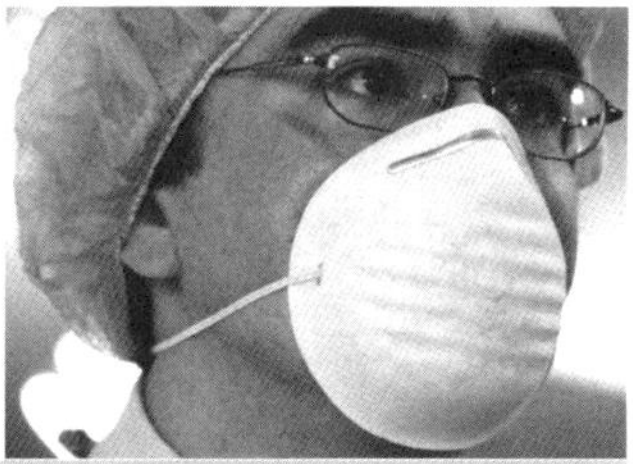

gen·tle [ˋdʒɛntl̩]　　　　**a.** 溫和的　　◀≦ *Track 0811*

gen·tle lo·tion
[ˋdʒɛntl̩-ˋloʃən]　　　　**n.** 溫和化妝水　◀≦ *Track 0812*

grape·fruit [ˋgrep͵frut]　　**n.** 葡萄柚精油　◀≦ *Track 0813*

ground brush
[graʊnd-brʌʃ]　　　　　**n.** 磨砂刷　　◀≦ *Track 0814*

hair [hɛr]　　　　　　**n.** 頭髮　　　◀≦ *Track 0815*

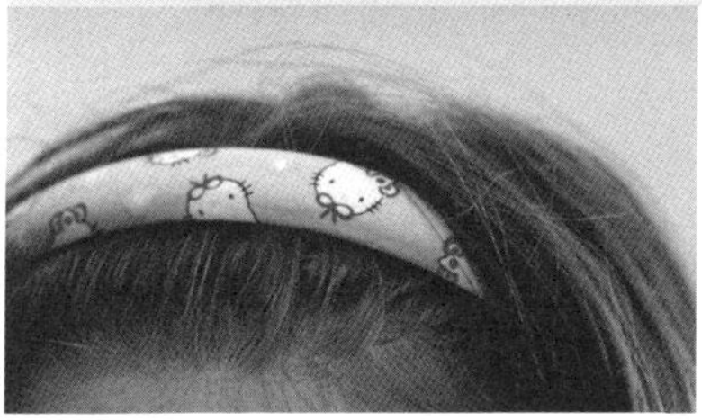

hair band
[hɛr-bænd]
n. 髮箍　◀≦ *Track 0816*

hair clip [hɛr-klɪp]
n. 髮夾
Track 0817

hair cut [hɛr-kʌt]　**n.** 剪髮　Track 0818

hair hoop [hɛr-hup]
n. 髮圈
Track 0819

hair mist [hɛr-mɪst]　**n.** 定型液／噴霧　Track 0820

hair spray [hɛr-spre]　**n.** 髮妝水　Track 0821

hair treat·ment
[hɛr-ˋtritmənt]　**n.** 護髮霜／油　Track 0822

hair wax [hɛr-wæks]　**n.** 髮蠟　Track 0823

hair·do [ˈhɛrdu]　　　　　　**n.** 髮型　　　◀€ *Track 0824*

hand cream [hænd-krim]　　**n.** 護手霜　　◀€ *Track 0825*

hy·drat·ing lo·tion
[ˈhaɪdretɪŋ-ˈloʃən]　　　　　　**n.** 保溼化妝水　◀€ *Track 0826*

jas·mine [ˈdʒæsmɪn]　　　　**n.** 茉莉精油　◀€ *Track 0827*

lan·o·lin cream
[ˈlænəlɪn-krim]　　　　　　　　**n.** 綿羊油　　◀€ *Track 0828*

lash curl·er [læʃ-ˈkɝlɚ]
n. 睫毛夾
◀€ *Track 0829*

lav·en·der [ˈlævəndɚ]　　**n.** 薰衣草精油　◀€ *Track 0830*

🔢 essence oil發展至今已經有上百種，但最經典的幾款還是非lavender（薰衣草）、rose（玫瑰）等莫屬。lavender oil是最常用的精油，目前是以地中海出產的產品最佳，可以幫助舒緩神經、放鬆心情，是舒壓的聖品。

lem·on [ˈlɛmən]　　　　　　n. 檸檬精油　◀≦ *Track 0831*

lem·on·grass [ˈlɛmənˌɡræs]　n. 檸檬香茅精油　◀≦ *Track 0832*

lime [laɪm]　　　　　　　　n. 萊姆精油　◀≦ *Track 0833*

lip balm [lɪp-bɑm]　　　　　n. 護唇膏　◀≦ *Track 0834*

註 balm這個字本身有「軟膏」、「芳香樹脂」的意思，前面加個lip（嘴唇）就是指「護唇膏」。由於市面上的lip balm多含有香精或色素，建議還是購買純天然無色無味的lip balm才能好好保護嘴唇。

lip col·or [lɪp-ˈkʌlə]　　　n. 唇彩　◀≦ *Track 0835*

lip gloss [lɪp-ɡlɔs]　　　　n. 唇蜜　◀≦ *Track 0836*

lip lin·er [lɪp-ˈlaɪnə]
n. 唇線筆

◀≦ *Track 0837*

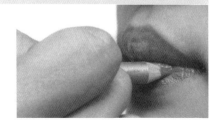

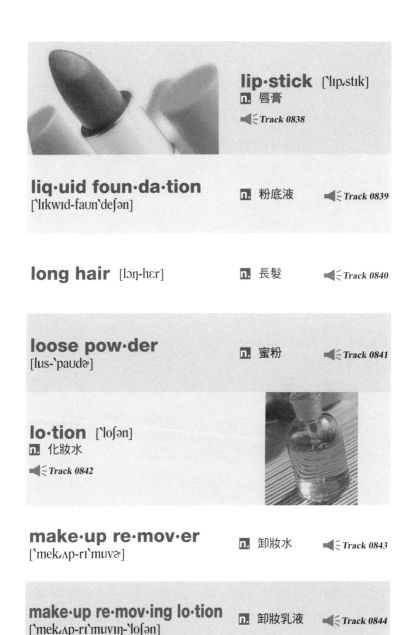

lip·stick [ˈlɪpˌstɪk]
n. 唇膏
🔊 *Track 0838*

liq·uid foun·da·tion
[ˈlɪkwɪd-faʊnˈdeʃən]　　**n.** 粉底液　🔊 *Track 0839*

long hair [lɔŋ-hɛr]　　**n.** 長髮　🔊 *Track 0840*

loose pow·der
[lus-ˈpaʊdɚ]　　**n.** 蜜粉　🔊 *Track 0841*

lo·tion [ˈloʃən]
n. 化妝水
🔊 *Track 0842*

make·up re·mov·er
[ˈmekˌʌp-rɪˈmuvɚ]　　**n.** 卸妝水　🔊 *Track 0843*

make·up re·mov·ing lo·tion
[ˈmekˌʌp-rɪˈmuvɪŋ-ˈloʃən]　　**n.** 卸妝乳液　🔊 *Track 0844*

mar·i·gold [`mærə‚gold]　　**n.** 金盞花精油　◀⁚Track 0845

mas·car·a [mæs`kærə]
n. 睫毛膏
◀⁚Track 0846

mas·sage [mə`saʒ]　　**n./v.** 按摩　◀⁚Track 0847

mas·sage chair
[mə`saʒ-tʃɛr]　　**n.** 按摩椅　◀⁚Track 0848

mas·sage oil
[mə`saʒ-ɔɪl]
n. 按摩油
◀⁚Track 0849

mas·sage stick
[mə`saʒ-stɪk]　　**n.** 按摩棒　◀⁚Track 0850

mid·dle note [`mɪdl-not]　　**n.** 中味　◀⁚Track 0851

註 每款香水都會有top note（前味）、middle note（中味）及base note
（後味），top note大約是擦上香水後10~30分時散發的香氣，middle
note則是30分~3小時的味道，base note則是要到2~4小時才能聞到。

mois·tur·iz·er cream
[`mɔɪstʃəraɪzɚ-krim]
n. 保濕霜

◀≲ *Track 0852*

mois·tur·iz·er lo·tion
[`mɔɪstʃəraɪzɚ-`loʃən]

n. 保濕露　◀≲ *Track 0853*

mois·tur·iz·ing
[`mɔɪstʃə͵raɪzɪŋ]

a. 補水的　◀≲ *Track 0854*

mousse [mus]

n. 造型慕絲　◀≲ *Track 0855*

nail pol·ish
[nel-`palɪʃ]
n. 指甲油

◀≲ *Track 0856*

nail sav·er [nel-`sevɚ]

n. 護甲液　◀≲ *Track 0857*

night cream [naɪt-krim]

n. 晚霜　◀≲ *Track 0858*

nor·mal [`nɔrml̩]   **a.** 中性的   ◀⟨ *Track 0859*

oil-ab·sorb·ing sheets   **n.** 吸油面紙   ◀⟨ *Track 0860*
[ɔɪl-əb`sɔrbɪŋ-ʃits]

📋 oil-absorbing sheets為何能吸油？因為這種面紙上面的纖維或塑膠密度高、可以吸附油脂，但在使用oil-absorbing sheets時，要記得適度保留一點油份在臉上，否則可能會越吸越油哦。

oil-con·trol bal·an·cing lo·tion   **n.** 控油化妝水   ◀⟨ *Track 0861*
[ɔɪl-kən`trol-`bælənsɪŋ-`loʃən]

oil·y [`ɔɪlɪ]   **a.** 油性的   ◀⟨ *Track 0862*

or·ange [`ɔrɪndʒ]   **n.** 香橙精油   ◀⟨ *Track 0863*

par·tial high·lights   **n.** 挑染   ◀⟨ *Track 0864*
[`parʃəl-`haɪlaɪts]

peel off mask
[pil-ɔf-mæsk]
n. 撕去性面膜   ◀⟨ *Track 0865*

pep·per·mint [ˈpɛpɚˌmɪnt]　**n.** 薄荷精油　Track 0866

per·fume [ˈpɝfjum]
n. 香水

Track 0867

per·ma·nent [ˈpɝmənənt]
n. 燙髮

Track 0868

pol·ish re·mov·er
[ˈpalɪʃ-rɪˈmuvɚ]　**n.** 去光水　Track 0869

po·made [poˈmed]　**n.** 髮油　Track 0870

註 pomade（髮油）是一種早期用來讓頭髮可以整齊的梳向一側，而且看起來油亮有型的造型物。從二戰時的希特勒和納粹軍，到50年代美國搖滾巨星，都是髮油的愛好者，可以說髮油代表了一整個時代的型男呢！

pore clean·ser
[por-ˈklɛnzɚ]　**n.** 除去黑頭粉刺　Track 0871

pow·der puff(s)
[ˈpaudɚ-pʌfs]　**n.** 粉撲　Track 0872

pre-make·up base
[pri-`mekʌp-bes]

n. 隔離霜　◀€ *Track 0873*

pressed pow·der
[prɛst-`paudɚ]

n. 粉餅　◀€ *Track 0874*

re·mov·al cream
[rɪ`muvl̩-krim]

n. 除毛膏　◀€ *Track 0875*

註 removal這個名詞代表「移開」、「拿掉」的意思。用在這裡，就是把你的毛移開、拿掉啦！所以就叫removal cream了。

rinse off mask
[rɪns-ɔf-mæsk]

n. 沖洗性面膜　◀€ *Track 0876*

rose [roz]
n. 玫瑰精油
◀€ *Track 0877*

rose hip [roz-hɪp]

n. 玫瑰籽
油精油　◀€ *Track 0878*

rose·mar·y [`rozmɛrɪ]

n. 迷迭香精油　◀€ *Track 0879*

sage [sedʒ] **n.** 鼠尾草精油 ◀╏Track 0880

san·dal·wood [`sændlˌwʊd] **n.** 檀香精油 ◀╏Track 0881

scent·ed can·dle
[`sɛntɪd-`kændl]
n. 香氛蠟燭
◀╏Track 0882

scent·ed sach·et **n.** 香氛禮袋 ◀╏Track 0883
[`sɛntɪd-sæˋʃe]
註 看到sachet這個字，是不是直覺會想用自然發音念[`sætʃət]呢？不
不，sachet這個字本來是從法文借過來的，所以也不能用英文的自然
發音念，得用法文的邏輯才行囉。

shad·ing pow·der **n.** 修容餅 ◀╏Track 0884
[`ʃedɪŋ-`paʊdɚ]

short hair [ʃɔrt-hɛr] **n.** 短髮 ◀╏Track 0885

skin care [skɪn-kɛr] **n.** 皮膚護理 ◀╏Track 0886

skin care prod·uct
[skɪn-kɛr-ˈprɑdəkt]
n. 護膚產品

◀⦅ *Track 0887*

spa [spɑ]
n. 水療　◀⦅ *Track 0888*

註 spa的全名是拉丁文的Salus Per Aquam，意思是用水帶給人們健康能量。遠從15世紀開始就有人在用spa做保養了，現代的spa則多結合精油按摩、香薰、音樂等元素讓人達到多重放鬆及養生的效果。

sponge puff(s)
[spʌndʒ-pʌfs]
n. 海綿撲　◀⦅ *Track 0889*

straight hair [stret-hɛr]
n. 直髮　◀⦅ *Track 0890*

straight perm [stret-pɝm]
n. 離子燙

◀⦅ *Track 0891*

stretch mark cream
[strɛtʃ-mɑrk-krim]
n. 除紋霜　◀⦅ *Track 0892*

styl·ing gel [ˈstaɪlɪŋ-dʒɛl]
n. 髮膠　◀⦅ *Track 0893*

sun lo·tion [sʌn-ˈloʃən]
n. 防曬乳液

◀ᐸ *Track 0894*

tea tree [ti-tri]
n. 茶樹精油　　◀ᐸ *Track 0895*

tint [tɪnt]
n. 染髮劑　　◀ᐸ *Track 0896*

註 tint這個單字本來是「色調」的意思。染髮就是在頭髮上加上顏色，所以這個字後來會演變成「染髮劑」的意思，也是可以想像的吧！

ton·ing lo·tion
[ˈtonɪŋ-ˈloʃən]
n. 收斂水　　◀ᐸ *Track 0897*

top note [tɑp-not]
n. 前味　　◀ᐸ *Track 0898*

twee·zers [ˈtwizɚz]
n. 除毛鉗　　◀ᐸ *Track 0899*

vi·o·let [ˈvaɪəlɪt]
n. 紫羅蘭精油　◀ᐸ *Track 0900*

wa·ter spray
[ˋwɔtɚ-spre]
n. 保溼噴霧

◀⊱ *Track 0901*

whit·en·ing [ˋhwaɪtənɪŋ]　　**a.** 美白的　　◀⊱ *Track 0902*

註 市面上的護膚產品百百種，不過大抵跑不了這幾項功能，如whitening（美白）、oil-balancing（控油）、anti-wrinkle（抗皺）等，要選擇適合自己的產品，才能真正達到保養皮膚的功效哦！

whit·en·ing lo·tion
[ˋhwaɪtənɪŋ-ˋloʃən]　　**n.** 美白化妝水　◀⊱ *Track 0903*

whit·en·ing mask
[ˋhwaɪtənɪŋ-mæsk]　　**n.** 美白面膜　◀⊱ *Track 0904*

wig [wɪg]　　**n.** 假髮　◀⊱ *Track 0905*

Note

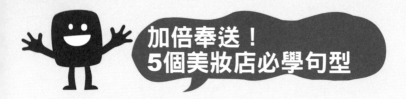

加倍奉送！
5個美妝店必學句型

句型1

想把自己美美的打扮歸功於某種產品或某個美髮師？就用這個句型！

" **thanks to...** "

多虧了（由於）……

1 I look nice today, thanks to this new BB cream. ◀ Track 0906

我今天看起來不錯，多虧了這新的BB霜。

2 My hair is much smoother now, thanks to my stylist, Ryan. ◀ Track 0907

我的頭髮現在順多了，多虧了我的造型師萊恩。

句型2

同時有兩樣產品很想推薦給其他人的時候，就用這個句型！

" **either...or...** "

……或是……

1 You can buy either this toning lotion or this whitening lotion. ◀ Track 0908

你可以買這個收斂水或這個美白化妝水。

2 I recommend either getting it straightened or cut off. ◀ Track 0909

我建議你不是把它燙直就是剪掉。

3 I think either rosemary or sage would be a good fit for you. ◀ Track 0910

我覺得迷迭香或鼠尾草都很適合你。

4 You can spend your money on either this new perfume or some polish remover. ◀ Track 0911

你可以花錢買這種新香水或去光水。

句型3

想警告別人：你一定要用這個，否則變醜的會是你喔！就用這個句型。

" **...or...** "

……否則……

1 Remember to use moisturizer cream, ◀⁞ *Track 0912*
or you'll look like an old lady.
記得要用保濕霜，否則妳會看起來像個老太太。

2 You must use makeup remover every day, ◀⁞ *Track 0913*
or you'll end up looking ten years older.
妳一定要天天用卸妝水，否則妳最後會看起來老了十歲。

句型4

想給朋友美容建議，希望自己聽起來既堅定又可靠，就用這個句型！

" **I'm sure...** "

我很確定……

1 I'm sure that's not how you put on mascara. ◀⁞ *Track 0914*
我很確定睫毛膏不是這樣擦的。

2 I'm sure this is the right lipstick for you. ◀⁞ *Track 0915*
我很確定這是最適合妳的口紅。

句型5

想告訴你朋友「妳搞錯了，另一種化妝品才是妳的真命天子！」時，就用這個句型！

" **...instead of...** "

……而不是……

1 Buy this lip gloss instead of that one. ◀⁞ *Track 0916*
買這條唇蜜，而不是那條。

2 You should get some body lotion ◀⁞ *Track 0917*
instead of that body powder.
妳該買身體乳液，而不是那種香體粉。

Chapter10

項鍊、懷錶、旅行箱：
購物中心裡的生活英單

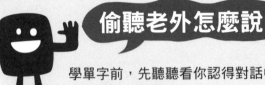

偷聽老外怎麼說　◀Track 0918

學單字前，先聽聽看你認得對話中幾個和「百貨商品」相關的單字！

A: What do you want to buy today?

B: I need some flats[1] and high heels[2].

A: I need to buy a pair of galoshes[3], too. Hey, I thought you preferred canvas shoes[4] and strappy sandals[5].

B: I will start working after the summer vacation. There's a dress code at my new company.

A: Guess that can't be avoided.

B: My mom also wants me to buy a pair of dress shoes[6].

A: How about these?

B: No, they are slip-on shoes[7].

A: And these?

B: They are perfect for my office. How much are they?

A: Not very expensive.

中譯

A: 你今天想買些什麼？

B: 我需要平底鞋和高跟鞋。

A: 我也需要買雙雨鞋。咦，我以為妳比較喜歡帆布鞋跟羅馬鞋呢。

B: 暑假過後我就要上班了。我的新公司有些服儀規定。

A: 這確實難以避免。

B: 我媽要我買雙正式的皮鞋。

A: 這雙怎麼樣？

B: 不行，它們是無帶便鞋。

A: 那這些呢？

B: 對我的辦公室來說很合適。多少錢？

A: 不會很貴。

> 先閉上眼睛聽一次，再對照著中文翻譯聽聽看，這才是瞭解自己的實力、增進聽力的好方法喔！

單字充電站

聽出來了嗎？對話中出現這麼多不同鞋款的英文說法耶！聽不出來？沒關係，繼續往下翻就會學到了。

1 flats	平底鞋
2 high heels	高跟鞋
3 galoshes	雨鞋
4 canvas shoes	帆布鞋
5 strappy sandals	羅馬鞋
6 dress shoes	正式場合的皮鞋
7 slip-on shoes	無帶便鞋

購物狂必會的購物中心單字

A-line skirt [e-laɪn-skɝt] **n.** A字裙 🔊 *Track 0919*

an·kle boots [ˈæŋkl-buts] **n.** 踝靴 🔊 *Track 0920*

註 從這個單字應該可以推知，ankle就是「腳踝」的意思啦！順帶一提，腳後跟叫做heel，而高跟鞋會讓腳後跟舉得高高的，才會叫做high heels囉。

arm·let [ˈɑrmlɪt] **n.** 臂環 🔊 *Track 0921*

back·pack [ˈbæk͵pæk] **n.** 背包 🔊 *Track 0922*

ban·gle [ˈbæŋgl]
n. 手鐲
🔊 *Track 0923*

base·ball cap
[ˈbes͵bɔl-kæp] **n.** 棒球帽 🔊 *Track 0924*

bea·nie [`binɪ]
n. 毛線帽
◀╪ *Track 0925*

beau·ty case [`bjutɪ-kes]　　**n.** 化妝袋　　◀╪ *Track 0926*

be·ret [bə`re]
　　　　　　　　　　n. 貝蕾帽／畫家帽
　　　　　　　　　　◀╪ *Track 0927*

bi·ki·ni [bɪ`kinɪ]
n. 比基尼泳衣　◀╪ *Track 0928*
註 知道bikini泳裝這個名字怎麼來的嗎？據說是跟當年美國在一個叫做bikini的小島試射原子彈有關。在一名法國設計師設計出這種近全裸的泳裝之後，由於此泳裝震驚世界的程度不亞於在bikini島的飛彈試射，所以後人就把這種泳裝叫做bikini了。

blouse [blaʊs]　　　　　　**n.** 緊身女衫　　◀╪ *Track 0929*

boo·nie hat [`bunɪ-hæt]　　**n.** 漁夫帽　　◀╪ *Track 0930*

boots [buts]
n. 靴子
◀╪ *Track 0931*

1000 Everyday Vocabulary Words　**197**

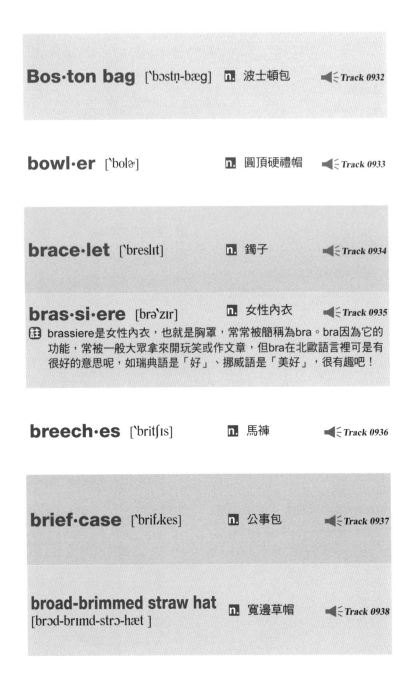

Bos·ton bag [`bɔstn̩-bæg]　n. 波士頓包　◀≲ *Track 0932*

bowl·er [`bolɚ]　n. 圓頂硬禮帽　◀≲ *Track 0933*

brace·let [`breslɪt]　n. 鐲子　◀≲ *Track 0934*

bras·si·ere [brə`zɪr]　n. 女性內衣　◀≲ *Track 0935*
註 brassiere是女性內衣，也就是胸罩，常常被簡稱為bra。bra因為它的功能，常被一般大眾拿來開玩笑或作文章，但bra在北歐語言裡可是有很好的意思呢，如瑞典語是「好」、挪威語是「美好」，很有趣吧！

breech·es [`britʃɪs]　n. 馬褲　◀≲ *Track 0936*

brief·case [`brif͵kes]　n. 公事包　◀≲ *Track 0937*

broad-brimmed straw hat
[brɔd-brɪmd-strɔ-hæt]　n. 寬邊草帽　◀≲ *Track 0938*

brooch [brotʃ]
n. 胸針
◀ミ *Track 0939*

cam·er·a bag
[ˋkæmərə-bæg]
n. 相機袋　　◀ミ *Track 0940*

can·vas shoes
[ˋkænvəs-ʃuz]
n. 帆布鞋
◀ミ*Track 0941*

cap [kæp]
n. 便帽
◀ミ *Track 0942*

cas·u·al shoes
[ˋkæʒuəl-ʃuz]
n. 休閒鞋　　◀ミ*Track 0943*

chain [tʃen]
n. 手鏈　　◀ミ*Track 0944*

chat·e·laine [ˋʃætəˏlen]
n. 腰鏈　　◀ミ *Track 0945*

clip-on ear·rings
[ˋklɪpˏɑn-ˋɪrˏrɪŋs]

n. 夾式耳環　◀€ Track 0946

cloche [kloʃ]

n. 復古淑女帽　◀€ Track 0947

clog [klɑg]

n. 木拖鞋　◀€ Track 0948

clothes [kloz]

n. 衣服、服裝　◀€ Track 0949

cloth·ing [ˋkloðɪŋ]

n. （總稱）衣服　◀€ Track 0950

coat [kot]
n. 女大衣
◀€ Track 0951

cock·tail skirt
[ˋkɑkˏtel-skɝt]

n. 宴會禮服　◀€ Track 0952

註 cocktail skirt是一種女性在正式場合穿的裙子，也有整套式的禮服，那為何叫做cocktail？因為cocktail（雞尾酒）一般來說都是在正式場合才會飲用，為了搭配這種場合，穿的服飾（或裙子）就叫cocktail skirt囉！

cow·boy hat
[`kaʊbɔɪ-hæt]
n. 牛仔帽
◀€ *Track 0953*

cuff link [kʌf-lɪŋk]　　　　**n.** 袖扣　　　◀€ *Track 0954*

den·im jack·et
[`dɛnɪm-`dʒækɪt]　　　**n.** 牛仔外套　◀€ *Track 0955*

dia·mond ring
[`daɪmənd-rɪŋ]　　　**n.** 鑽石戒指　◀€ *Track 0956*

doub·le-breast·ed jack·et
[`dʌbl̩-ˌbrɛstɪd-`dʒækɪt]　　**n.** 雙排扣外套　◀€ *Track 0957*

dress [drɛs]　　　　**n.** 女裝、洋裝　◀€ *Track 0958*

dress pants [drɛs-pænts]　　**n.** 正式長褲、西裝褲　◀€ *Track 0959*

dress shoes [drɛs-ʃuz]　**n.** 正式場合的皮鞋　◀€ Track 0960

ear·bob [ˈɪr͵bab]　**n.** 耳環、耳墜　◀€ Track 0961

註 earring是通用的用來指耳環的單字，而earbob特指有墜子的耳環，這個字多用於美國南部。記得不管earring還是earbob，單位都是成對的哦（a pair of）。

ear·ring [ˈɪr͵rɪŋ]
n. 耳環
◀€ Track 0962

e·lec·tron·ic watch
[ɪ͵lɛkˈtranɪk-watʃ]
n. 電子錶
◀€ Track 0963

every·day clothes
[ˈɛvrɪˈde-kloz]　**n.** 便服　◀€ Track 0964

fash·ion boots
[ˈfæʃən-buts]　**n.** 時尚靴　◀€ Track 0965

fe·do·ra [fɪˈdorə]
n. 淺頂軟呢帽　◀€ Track 0966

註 如果熟悉Linux的人，對Fedora這個作業系統也應該不陌生才對。fedora是一種男仕帶的圓頂軟帽，近代也有女性追求時尚開始戴fedora。有些帽子會因退流行而消失在市場，不過fedora的時尚風潮看來是會在近代一直延續下去才是。

fill·er(s) [ˈfɪləz]　　n. 鞋撐、填料　　◀≷ *Track 0967*

fish tail skirt [fɪʃ-tel-skɜt]　n. 魚尾裙　　◀≷ *Track 0968*

flat shoes [flæt-ʃuz]
n. 平底鞋
◀≷ *Track 0969*

flip-flop(s)
[ˈflɪp-ˌflɑps]
n. 夾腳拖鞋
◀≷ *Track 0970*

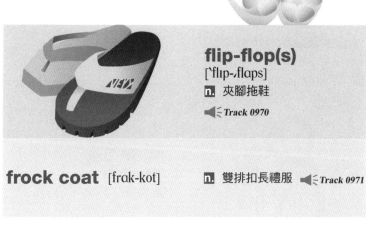

frock coat [frɑk-kot]　　n. 雙排扣長禮服　◀≷ *Track 0971*

fur coat [fɜ-kot]　　n. 皮草大衣　　◀≷ *Track 0972*

fur stole [fɜ-stol]　　n. 毛皮長圍巾　◀≷ *Track 0973*

ga·losh·es [gəˋlɑʃəs]　　**n.** 雨鞋　　◀≣ Track 0974

gar·ment [ˋgɑrmənt]　　**n.** 外衣　　◀≣ Track 0975

gen·tle·man hat
[ˋdʒɛntl̩mən-hæt]
n. 紳士帽　◀≣ Track 0976

gold jew·el·ry
[gold-ˋdʒuəlrɪ]
n. 金飾　◀≣ Track 0977

hand·bag
[ˋhændˏbæg]
n. 手提包　◀≣ Track 0978

hat [hæt]　　**n.** 帶沿的帽子　◀≣ Track 0979

heel [hil]　　**n.** 鞋跟　◀≣ Track 0980

hel·met [ˈhɛlmɪt]

n. 安全帽　◀᠄ *Track 0981*

註 helmet在以前指的可是戰士作戰用的頭盔，一直到近代才開始拿來指稱騎士的安全帽。這樣的沿用也確實合理，因為helmet不管在哪個時代都具有保護頭部的重要責任。

high-heels [haɪ-hils]
n. 高跟鞋

◀᠄ *Track 0982*

hik·ing boots
[ˈhaɪkɪŋ-buts]

n. 登山鞋　◀᠄ *Track 0983*

in·door slip·pers
[ˈɪnˌdor-ˈslɪpəs]

n. 室內拖鞋　◀᠄ *Track 0984*

jack·et [ˈdʒækɪt]
n. 短夾克

◀᠄ *Track 0985*

jade brace·let
[dʒed-ˈbreslɪt]
n. 玉鐲　◀᠄ *Track 0986*

Jazz hat [dʒæz-hæt]

n. 爵士帽　◀᠄ *Track 0987*

jeans [dʒinz]
n. 牛仔褲

Track 0988

jeans skirt [dʒinz-skɝt]　　n. 牛仔裙　　Track 0989

jew·el·ry ring
[`dʒuəlrɪ-rɪŋ]　　n. 寶石戒指　　Track 0990

jog·ging shoes
[`dʒɑgɪŋ-ʃuz]
n. 慢跑鞋　Track 0991

jump·er skirt
[`dʒʌmpɚ-skɝt]
n. 無袖連身裙　Track 0992

knee boots [ni-buts]　　n. 及膝靴　　Track 0993

knit·ted shawl [`nɪtɪd-ʃɔl] n. 針織披巾　　Track 0994

lace [les]　　　　　　　n. 鞋帶　　　◀≾ *Track 0995*

lay·ered skirt
[`leəd-skɜt]
n. 蛋糕裙　◀≾ *Track 0996*

leath·er jack·et　　　n. 皮夾克　　◀≾ *Track 0997*
[`lɛðə-`dʒækɪt]

leath·er shoes　　　　n. 皮鞋　　　◀≾ *Track 0998*
[`lɛðə-ʃuz]

mag·net·ic ear·rings　n. 磁石耳環　◀≾ *Track 0999*
[mæg`nɛtɪk-`ɪrˌrɪŋs]

man·tle [`mæntḷ]　　　n. 斗篷　　　◀≾ *Track 1000*
註 講到mantle（別跟mental搞混了）一般人會直接想到斗篷、披風這類
　衣服，但mantle有一個很正式的衍生用法，代表了某個人的衣缽，如
　「take over the mantle of sb.」，指的是繼承某人的衣缽，而「one's
　mantle falls on sb.」就是指傳衣缽給某人。

me·chan·i·cal watch　n. 機械錶　　◀≾ *Track 1001*
[mə`kænɪkḷ-watʃ]

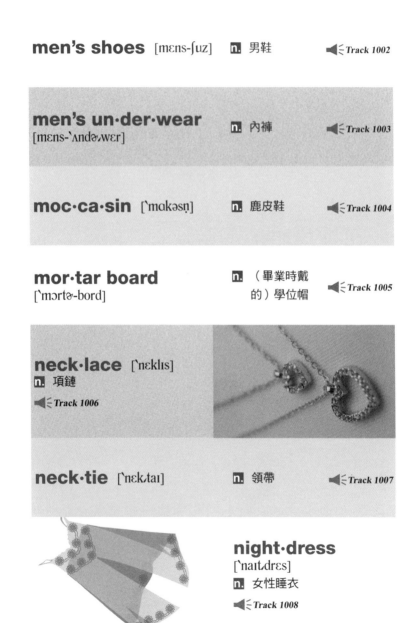

men's shoes [mɛns-ʃuz] **n.** 男鞋 🔊 *Track 1002*

men's un·der·wear [mɛns-ˋʌndəˌwɛr] **n.** 內褲 🔊 *Track 1003*

moc·ca·sin [ˋmakəsn̩] **n.** 鹿皮鞋 🔊 *Track 1004*

mor·tar board [ˋmɔrtə-bord] **n.** （畢業時戴的）學位帽 🔊 *Track 1005*

neck·lace [ˋnɛklɪs] **n.** 項鏈 🔊 *Track 1006*

neck·tie [ˋnɛkˌtaɪ] **n.** 領帶 🔊 *Track 1007*

night·dress [ˋnaɪtˌdrɛs] **n.** 女性睡衣 🔊 *Track 1008*

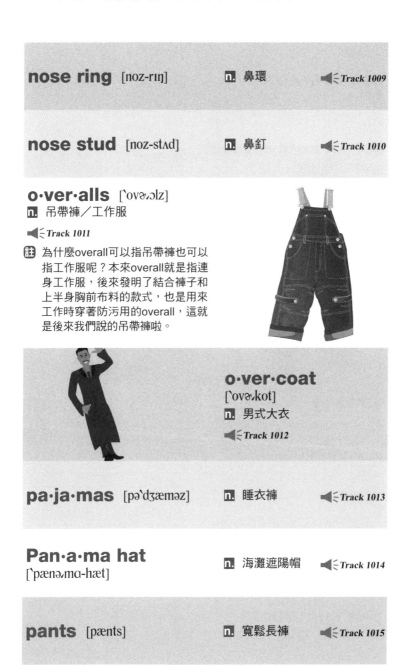

nose ring [noz-rɪŋ]　　n. 鼻環　　◀◁ *Track 1009*

nose stud [noz-stʌd]　　n. 鼻釘　　◀◁ *Track 1010*

o·ver·alls [ˋovəˏɔlz]
n. 吊帶褲／工作服

◀◁ *Track 1011*

註 為什麼overall可以指吊帶褲也可以指工作服呢？本來overall就是指連身工作服，後來發明了結合褲子和上半身胸前布料的款式，也是用來工作時穿著防污用的overall，這就是後來我們說的吊帶褲啦。

o·ver·coat
[ˋovəˏkot]
n. 男式大衣
◀◁ *Track 1012*

pa·ja·mas [pəˋdʒæməz]　　n. 睡衣褲　　◀◁ *Track 1013*

Pan·a·ma hat
[ˋpænəˏmɑ-hæt]　　n. 海灘遮陽帽　　◀◁ *Track 1014*

pants [pænts]　　n. 寬鬆長褲　　◀◁ *Track 1015*

pan·ty·hose [ˈpæntɪˌhoz]　**n.** 褲襪　◀≶ *Track 1016*

pat·ent leath·er shoes
[ˈpetn̩t-ˈlɛðɚ-ʃuz]　**n.** 黑漆皮鞋　◀≶ *Track 1017*

peaked cap [pikd-kæp]　**n.** 鴨舌帽　◀≶ *Track 1018*

pearl neck·lace
[pɝl-ˈnɛklɪs]
n. 珍珠項鍊　◀≶ *Track 1019*

pe·lisse [pəˈlis]　**n.** 皮上衣　◀≶ *Track 1020*

註 pelisse說的不是一般的皮衣哦，而是比較像是緞面材質、裡面或領口用毛料舖飾的長大衣，流行於十九世紀的英國婦女之中。現今在路上已經看不到穿著pelisse的人了，或許哪天會再流行起來也不一定？

pen·dant [ˈpɛndənt]
n. （項鍊等）墜子
◀≶ *Track 1021*

plat·form shoes
[ˈplætˌfɔrm-ʃuz]　**n.** 厚底鞋　◀≶ *Track 1022*

pock·et [`pɑkɪt]　　　　**n.** 口袋　　◀≋ *Track 1023*

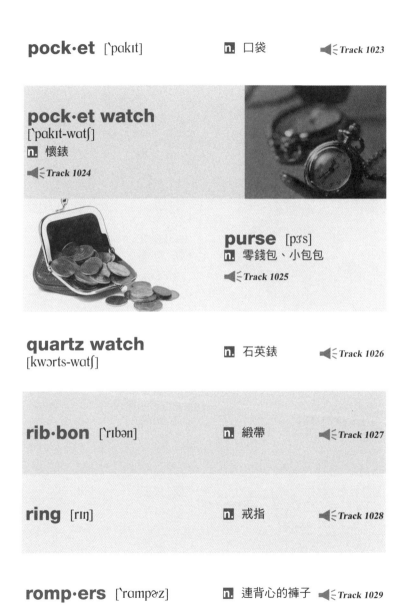

pock·et watch
[`pɑkɪt-watʃ]
n. 懷錶

◀≋ *Track 1024*

purse [pɝs]
n. 零錢包、小包包

◀≋ *Track 1025*

quartz watch
[kwɔrts-watʃ]　　　**n.** 石英錶　　◀≋ *Track 1026*

rib·bon [`rɪbən]　　　**n.** 緞帶　　◀≋ *Track 1027*

ring [rɪŋ]　　　　**n.** 戒指　　◀≋ *Track 1028*

romp·ers [`rɑmpɚz]　　**n.** 連背心的褲子　◀≋ *Track 1029*

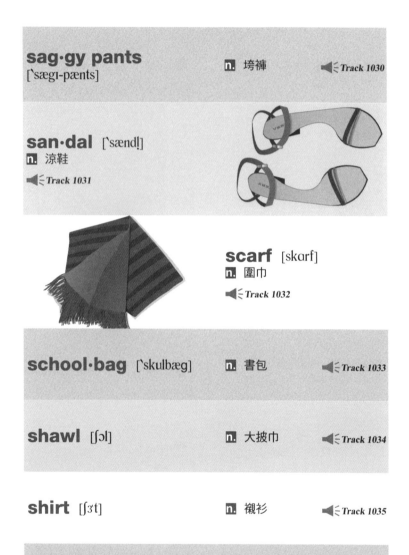

sag·gy pants
[`sægɪ-pænts]
n. 垮褲　◀╡ *Track 1030*

san·dal [`sændl̩]
n. 涼鞋
◀╡ *Track 1031*

scarf [skɑrf]
n. 圍巾
◀╡ *Track 1032*

school·bag [`skulbæg]
n. 書包　◀╡ *Track 1033*

shawl [ʃɔl]
n. 大披巾　◀╡ *Track 1034*

shirt [ʃɝt]
n. 襯衫　◀╡ *Track 1035*

shoe [ʃu]
n. 鞋子總稱　◀╡ *Track 1036*
註 中國人都會說「千里之行始於足下」，足下之鞋尤其重要。外國人也同樣很看重鞋子，不僅發展出各式各樣的鞋子，相關片語也很多，像「be in sb.'s shoes」指的就是叫人設身處地，或是「step into sb's shoes」就是接替某人的意思。

shop·ping bag
[`ʃɑpɪŋ-bæg]

n. 購物袋　　◀€ *Track 1037*

short trou·sers
[ʃɔrt-`trauzəz]
n. 短褲
◀€ *Track 1038*

sil·ver jew·el·ry
[`sɪlvə-`dʒuəlrɪ]

n. 銀飾　　◀€ *Track 1039*

skat·ing shoes
[`sketɪŋ-ʃuz]

n. 溜冰鞋　　◀€ *Track 1040*

註 溜冰鞋也有很多種，像是冰刀可以稱為ice skates，而直排輪可稱為
rollerblades。那有四個輪子、兩個兩個一排的初學者溜冰鞋呢？就叫
做roller skates。

skirt [skɜt]

n. 裙子　　◀€ *Track 1041*

slip-on shoes
[`slɪp͵ɑn-ʃuz]

n. 無帶便鞋　　◀€ *Track 1042*

slip·pers [`slɪpəz]

n. 拖鞋　　◀€ *Track 1043*

sneak·ers [`snikəz]
n. 運動鞋
◀≷ *Track 1044*

snow boots [sno-buts]   **n.** 雪靴   ◀≷ *Track 1045*

socks [saks]   **n.** 短襪   ◀≷ *Track 1046*

sole [sol]
n. 鞋底
◀≷ *Track 1047*

spa·ghet·ti strap
[spə`gɛtɪ-stræp]
n. 細肩帶（背心或連身裙）

◀≷ *Track 1048*

🈯 spaghetti指的是一種細長圓形的義大利麵，而女生的細肩帶上衣（或連身裙）因為肩帶部份很像spaghetti，於是因此得名啦！另一個名稱noodle strap的由來也有異曲同工之妙。

spikes [spaɪks]   **n.** 釘鞋   ◀≷ *Track 1049*

sports watch
[spɔrts-watʃ]   **n.** 運動錶   ◀≷ *Track 1050*

stain·less steel jew·el·ry
[ˋstenləs-stil-ˋdʒuəlrɪ]
n. 不銹鋼飾品　◀⦂ *Track 1051*

stock·ings [ˋstɑkɪŋz]　**n.** 長襪　◀⦂ *Track 1052*

stop·watch [ˋstɑpˏwɑtʃ]　**n.** 碼錶　◀⦂ *Track 1053*

strap·less sun·dress
[ˋstræpləs-ˋsʌndrɛs]
n. 露肩平口洋裝
◀⦂ *Track 1054*

strap·py [ˋstræpɪ]　**n.** 羅馬鞋　◀⦂ *Track 1055*

註 為什麼羅馬鞋是叫strappy而不是什麼Roman shoes呢？因為羅馬鞋的特徵就是它那錯綜複雜的帶子，而strap的意思就是「皮帶、帶子」的意思，所以就直接以strappy稱呼羅馬鞋囉！

straw hat [strɔ-hæt]　**n.** 草帽　◀⦂ *Track 1056*

suit coat [sut-kot]
n. 西裝外套
◀⦂ *Track 1057*

sus·pend·er belt
[sə`spɛndə-bɛlt]

n. 吊帶襪帶　　◀≦ *Track 1058*

註 suspend有把東西「懸」起來的意思，而你的吊帶襪帶不就是把你的襪子懸掛起來在你身上的意思嗎？所以才會用這個字囉！

swim cap [swɪm-kæp]

n. 泳帽　　◀≦ *Track 1059*

swim·ming trunks
[`swɪmɪŋ-trʌnks]

n. 泳褲　　◀≦ *Track 1060*

tail·coat [`teḷkot]
n. 燕尾服

◀≦ *Track 1061*

tai·lored skirt
[`teləd-skɝt]

n. 西裝裙　　◀≦ *Track 1062*

tat·too [tæ`tu]

n. 刺青　　◀≦ *Track 1063*

three-piece suit
[θri-pis-sut]

n. 三件式西裝　　◀≦ *Track 1064*

three-quar·ter coat
[θri-`kwɔrtɚ-kot]

n. 中長大衣　◀€ *Track 1065*

tights [taɪts]

n. 褲襪／內搭褲　◀€ *Track 1066*

註 tight本來的意思是「很緊的、緊身的」，而當緊身衣、褲襪、緊身褲這些把身體緊緊包起來的衣褲問世後，外國人就直接移花接木地把tight字尾加s拿來指這些衣褲上了。

top hat [tɑp-hæt]

n. 高頂絲質禮帽　◀€ *Track 1067*

to·pee [to`pi]
n. 遮陽帽

◀€ *Track 1068*

trav·el bag [`trævl̩-bæg]

n. 旅行袋　◀€ *Track 1069*

trav·el·ling bag
[`trævl̩lɪn-bæg]

n. 旅行箱　◀€ *Track 1070*

trou·sers [`trauzɚz]
n. 褲子

◀€ *Track 1071*

T-shirt [ˈtiˌʃɜt]　　　**n.** 短袖圓領衫／T恤　🔊 *Track 1072*

un·der·pants
[ˈʌndɚˌpænts]　　　**n.** 內褲　🔊 *Track 1073*

📋 內褲有很多種，所以也各有不同的稱呼。像是女生穿的內褲常稱為 panties，男生穿的四角褲常稱為boxers。丁字褲呢？英文可以稱為 thong喔！

un·der·shirt [ˈʌndɚˌʃɜt]　　　**n.** 汗衫　🔊 *Track 1074*

u·ni·form [ˈjunəˌfɔrm]　　　**n.** 制服　🔊 *Track 1075*

vest [vɛst]
n. 背心
🔊 *Track 1076*

waist bag [west-bæg]　　　**n.** 腰包　🔊 *Track 1077*

waist belt [west-bɛlt]　　　**n.** 腰帶　🔊 *Track 1078*

wal·let [ˋwɑlɪt]　　　　　　**n.** 皮夾　　　🔊 *Track 1079*

ward·robe [ˋwɔrd͵rob]　　**n.** （個人的）所有服裝　　🔊 *Track 1080*

watch [wɑtʃ]　　　　　　**n.** 手錶　　🔊 *Track 1081*

wedge san·dal
[wɛdʒ-ˋsændl]
n. 楔形涼鞋
🔊 *Track 1082*

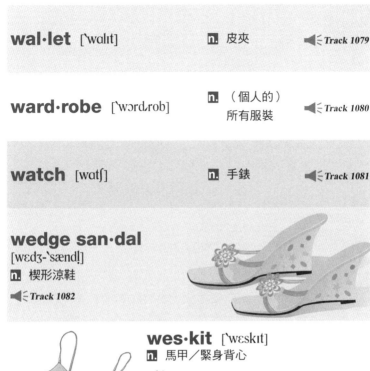

wes·kit [ˋwɛskɪt]
n. 馬甲／緊身背心

🔊 *Track 1083*

📘 weskit早在好幾個世紀前就開始流行了！對男生而言是穿在外面的緊身背心，女生穿的weskit就是corset（束腹），但兩者的存在同樣都是要顯露、修飾身體曲線，讓男生帥氣、女生性感，也不難理解為何weskit就算退了潮流還是能捲土重來。

wing col·lar [wɪŋ-ˋkɑlɚ]　**n.** 翻領／上漿翻領　🔊 *Track 1084*

zip·per [ˋzɪpɚ]　　　　　**n.** 拉鏈　　🔊 *Track 1085*

1000 Everyday Vocabulary Words

加倍奉送！
5個購物中心必學句型

句型1

逛著逛著，看到超級適合妳朋友的鞋子！叫她趕快看，就用這個句型！

" **Look at...** "

看看……

1 **Look at those shoes!**　　　　　　　◄€ Track 1086
看看那些鞋子！

2 **Look at those amazing earrings!**　　◄€ Track 1087
看看那些超棒的耳環！

句型2

看到好漂亮的裙子，卻擔心自己穿不進去的時候，就用這個句型！

" **I'm worried that...** "

我擔心……

1 **I'm worried that I won't fit in the skirt.**　　◄€ Track 1088
我擔心這件裙子我穿不下。

2 **I'm worried that I won't be able to**　　◄€ Track 1089
afford that lovely jacket.
我擔心我買不起那件漂亮的外套。

3 **I'm worried that these jeans will make**　　◄€ Track 1090
me look fat.
我擔心這些長褲會讓我看起來很胖。

4 **I'm worried that wearing a fedora will**　　◄€ Track 1091
make me look stupid.
我擔心戴著軟呢帽會讓我看起來很蠢。

句型3

對一件衣服品頭論足，不知道該買還是不該買時，就用這個句型。

" On one hand..., but on the other hand... "

一方面……但另一方面……

1 On one hand, these high heels sure are trendy, 🔊 *Track 1092*
but on the other hand, they're a bit too high.
一方面這高跟鞋是蠻時尚的，但另一方面又有點太高了。

2 On one hand, this hand bag is cute, but 🔊 *Track 1093*
on the other hand, I fear it's too small.
一方面這手提包很可愛，但另一方面我擔心它太小了。

句型4

下定決心要買了嗎？就用這個句型告訴朋友和店員你的決定吧！

" I've decided to... "

我決定要……

1 I've decided to get this fur coat. 🔊 *Track 1094*
我決定要買這件毛皮大衣。

2 I've decided to buy this necklace as well 🔊 *Track 1095*
as that ring.
我決定要買這條項鍊和那個戒指。

句型5

妳的購物狂好友總是刷男友的卡？
就用這個句型告訴她：難怪妳都買不停！

" No wonder... 難怪…… "

1 You have your boyfriend's credit card? 🔊 *Track 1096*
No wonder you won't stop spending!
妳有妳男朋友的信用卡喔？難怪妳總是買不停！

2 You've got a raise? No wonder you're in 🔊 *Track 1097*
such good spirits!
妳加薪了喔？難怪妳心情這麼好！

❸ You lost so much weight! No wonder you look so slim in this dress!

你瘦了好多！難怪你穿這件裙子看起來那麼瘦！

❹ You have a new boyfriend? No wonder you look so radiant!

你交新男友了？難怪你看起來神采洋溢！

補充小站

是不是覺得 No wonder... 這個句型看起來文法好像怪怪的呢？其實這是由「(It's) no wonder (that) 主詞 + 動詞」這個文法結構縮減出來的哦！我們可以來比較一下：

❶ The weather is bad. No wonder everyone on the MRT looks so upset.

= The weather is bad. (It's) no wonder (that) everyone on the MRT looks so upset.

天氣不好，難怪捷運上人看起來心情都很差。

❷ You won the first prize? No wonder you look so happy!

= You won the first prize? (It's) no wonder (that) you look so happy!

你得第一名？難怪你看起來這麼開心！

❸ You quit drinking? No wonder you look healthier!

= You quit drinking? (It's) no wonder (that) you look healthier!

你戒酒了？難怪你看起來更健康了！

4 You read this book? No wonder you seem to make progress!

= You read this book? (It's) no wonder (that) you seem to make progress!

你讀了這本書？難怪你成績似乎進步了！

學起來了嗎？不過通常口語的用法都是直接使用 no wonder... 的句型哦！來看看下面的句子是什麼意思吧！

You finished this book? No wonder you make such great progress in English!

看得懂的話，恭喜你，
你真的進步了！

原來如此 系列 E214

瞬間反應！動動手，就會用：
實用英文單字急救包（附MP3）

不用開口，手一指也能用英文溝通！

作　　　者	張瑩安	
顧　　　問	曾文旭	
社　　　長	王毓芳	
編輯統籌	耿文國、黃璽宇	
主　　　編	吳靜宜、姜怡安	
執行主編	李念茨	
執行編輯	陳儀蓁	
美術編輯	王桂芳、張嘉容	
封面設計	阿作	
法律顧問	北辰著作權事務所　蕭雄淋律師、幸秋妙律師	

初　　版	2019年11月
出　　版	捷徑文化出版事業有限公司
電　　話	（02）2752-5618
傳　　真	（02）2752-5619
地　　址	106 台北市大安區忠孝東路四段250號11樓-1

定　　價	新台幣299元／港幣100元
產品內容	1書＋1光碟

總 經 銷	采舍國際有限公司
地　　址	235 新北市中和區中山路二段366巷10號3樓
電　　話	（02）8245-8786
傳　　真	（02）8245-8718

港澳地區總經銷	和平圖書有限公司
地　　址	香港柴灣嘉業街12號百樂門大廈17樓
電　　話	（852）2804-6687
傳　　真	（852）2804-6409

▶本書部分圖片由Shutterstock、freepik圖庫提供

捷徑 Book站

現在就上臉書（FACEBOOK）「捷徑BOOK站」並按讚加入粉絲團，
就可享每月不定期新書資訊和粉絲專享小禮物喔！

http://www.facebook.com/royalroadbooks
讀者來函：royalroadbooks@gmail.com

國家圖書館出版品預行編目資料

瞬間反應！動動手，就會用：實用英文單字急
救包 / 張瑩安著. -- 初版. -- 臺北市：捷徑文化,
2019.11
　　面；　公分（原來如此：E214）
ISBN 978-986-5507-00-8（平裝附光碟片）
1. 英語　2. 會話
805.12　　　　　　　　　　　　　　108016741